La métisse

Roman

Geneviève Bobior-Wonner

À mon mari,

À mes enfants, Jean Marc et Michaël

À mes petits-enfants Étienne, Théo, Éliot,
Ilan, Éva, Elsa, Maya et Éthane.

Autres ouvrages de l'auteure

Témoignage : *Au temps de l'encre violette* 2012 Éditions Serpenoise

Album jeunesse : *Le prince et le scarabée* 2013 Éditions Thot

Album jeunesse : *Poiloné le petit cagou perdu sur Le Caillou* 2014 autoédition

Roman policier : *Les fourmis d'Argentine* 2016 Éditions Rroyzz

Témoignage : *Ces animaux qui nous ont tant donné et appris* 2016 Éditions Rroyzz

Roman jeunesse : *Sauvée par les lémuriens* 2017 Éditions L'Harmattan Jeunesse

Roman policier ; *L'homme qui n'aimait pas les...* 2017 Éditions Atramenta

Roman policier : *Opération Huxley* 2018 Éditions Rroyzz

Nouvelle : *La révolte de la vieille dame* 2018 Prix Moselly 2018

Roman : *Le sésame créole* 2019 Éditions Atramenta

Album jeunesse trilingue : *Hanzi le vilain cigogneau* 2019 KDP

Jasmine

Ses jambes ne la portent plus. Ses mollets lui font mal. Des ampoules commencent à gonfler sous ses orteils. Quelle idée aussi a-t-elle eue de mettre des chaussures élégantes alors qu'elle aurait été bien plus à l'aise dans ses baskets !

Combien d'escaliers a-t-elle montés et descendus aujourd'hui ? Elle ne saurait le dire. Et sans doute demain en sera-t-il de même.

Il est vrai que trouver un studio à louer dans une ville universitaire est un véritable parcours du combattant pour une étudiante qui doit se contenter de sa bourse d'études et du salaire de quelques petits boulots pour vivre… ou survivre. Le moindre euro en plus ou en moins à la fin du mois prend une importance considérable.

Le logement dans lequel elle va entrer ressemblera sans doute à tous ceux qu'elle a déjà visités. Minuscule, triste, sommairement meublé, avec cuisine collective, douches et sanitaires communs à l'étage. À croire que la majorité des propriétaires veulent rentabiliser au maximum le moindre réduit inoccupé. Les étudiants sont une manne toute trouvée.

Elle en vient à se demander si elle ne va pas remettre d'autres recherches à demain. Elle se sent épuisée, découragée. Depuis plus d'une semaine, combien d'offres a-t-elle consultées sur les panneaux des agences immobilières ? Combien de petites annonces a-t-elle surlignées dans les journaux locaux ? Un nombre à donner le vertige. Les logements intéressants ont tout de suite trouvé preneur et ceux qui restent sont vraiment trop minables ou d'un loyer trop onéreux pour elle.

Or, la porte à peine franchie, véritable coup de cœur. La propriétaire lui désigne le coin cuisine, judicieusement aménagé, qui prolonge une pièce claire et relativement spacieuse. Dans un renfoncement, une petite salle de bain avec toilettes et douche. À travers les vitres de l'unique fenêtre, on peut même apercevoir des arbres dans lesquels des oiseaux sautillent en piaillant. Le rêve.

La jeune fille est prête à accepter cette location, quitte à rogner un peu sur ses autres dépenses, quand soudain la logeuse lui demande sur un ton peu amène :

« Vous êtes métisse ? »

La question tout comme le ton employé la font bondir. Tout le stress accumulé depuis quelque temps lui a mis les nerfs à vif. Ce n'est vraiment pas le moment de lui poser ce genre de question.

« Métisse, oui je suis métisse ! Et alors qu'est-ce que ça peut vous foutre ? J'en suis fière. Je revendique haut et fort ma part de négritude. Bien sûr, vous n'êtes pas du genre à avoir lu les poèmes d'Aimé Césaire, vous ! »

La réponse a jailli spontanée et violente. Comme un défouloir.

Elle pourra faire une croix sur cette location. D'ailleurs, elle n'en veut plus. Comment pourrait-elle supporter une propriétaire qui choisit ses locataires en fonction de la couleur de leur peau ?

Folle de rage, elle s'enfuit en claquant la porte et dévale l'escalier en trombe. Ce n'est qu'arrivée dans la rue qu'elle reprend peu à peu ses esprits. Il faut absolument que sa colère retombe avant d'arriver chez les parents de son amie qui l'hébergent provisoirement. Ils ont leurs propres soucis, inutile d'y ajouter ses états d'âme.

Dans le train qui la ramène de Nancy vers Metz, il lui semble que tous les passagers la dévisagent avec acrimonie. Oui, elle est métisse et métisse elle restera jusqu'à la fin de ses jours. Il ne lui vient pas à l'esprit que c'est son air renfrogné qui attire des regards peu sympathiques.

Il faut qu'elle marche un peu avant de rentrer. Et de préférence loin de la foule.

Ayant atteint la rive du bras de Seille qui longe les remparts médiévaux, elle décide de s'y asseoir le temps d'évacuer tout son ressentiment. Le léger clapotis des vaguelettes venues mourir sur la berge la calme peu à peu. Dans un mouvement gracieux, des cygnes plongent leur long cou dans l'eau claire à la recherche de plantes aquatiques et des canes promènent nonchalamment une kyrielle d'oisillons.

Rassérénée par ce spectacle, elle peut dès lors se diriger vers le quartier de la colline Sainte-Croix. Elle a presque réussi à chasser toute sa hargne en arrivant à destination. Un examen minutieux des façades de la Rue des Tanneurs, à laquelle un habile architecture a su redonner son caractère d'antan, a pour un temps chassé ses idées noires. Et elle s'est plu à suivre le vol de passereaux dans le petit parc paysager qui agrémente la rue.

Née sous les tropiques

L'appartement est vide. Les parents de son amie sont encore au travail et celle-ci a dû aller flâner au centre ville de Metz, histoire de profiter des derniers jours de vacances.

Allongée sur son lit, les yeux au plafond, elle essaie de faire le vide dans sa tête. Mais en vain. Métisse, métisse, ce mot revient constamment à son esprit. Ce qualificatif qu'elle a brandi comme un drapeau.

Fière d'être sang mêlé ? Pas sûr. Elle a plutôt l'impression d'être assise *le cul entre deux chaises,* comme on dit. Et c'est très inconfortable.

Pourtant, comme beaucoup d'enfants dont les parents sont nés sous des latitudes différentes, les gènes parentaux se sont esthétiquement mélangés en elle. Jasmine, car tel est son prénom, est très jolie. Tout le monde –sauf les femmes jalouses bien entendu– en convient. Il suffit de suivre le regard des hommes qu'elle croise dans la rue pour en avoir la certitude. Quant aux jeunes gens qui ont essayé de flirter avec elle, ils ont été légion.

Une peau couleur cannelle, des traits fins, une bouche bien ourlée et le haut des joues ombragé par de longs cils noirs. Une denture à rendre jaloux les mannequins qui exhibent la leur pour vanter des dentifrices et un regard pétillant lorsqu'elle est joyeuse. Cependant, ce qui fascine le plus ses admirateurs sont ses yeux. Changeant selon son humeur. Tantôt d'un vert veiné de brun lorsqu'elle est sereine, tantôt presque noirs lorsqu'elle est furie. Et c'est le cas à présent.

Des cheveux, non pas crépus mais ondulés, qu'elle laisse flotter sur les épaules ou relevés, bien tirés sur les oreilles, car son visage est d'un ovale parfait. Même la tête rasée, elle resterait jolie.

Quant à son corps, il a une grâce toute féline avec sa taille fine, une poitrine bien ronde et des fesses fermes. Même sa démarche au déhanchement charmeur est celle d'un jeune fauve.

Vénus mi-blanche mi-africaine, elle n'a pas conscience de la fascination qu'elle exerce sur tous ceux qui la regardent. Chez elle, nulle affectation pourtant. Pas la moindre vanité.

Quand une mauvaise langue – car dans ces cas-là, il y en a toujours – lui a dit :
« Te fais pas d'illusions. En vieillissant tu vas devenir grasse comme les Africaines. », nonchalamment elle a répondu :
« Et après ? Maintenant je suis comme que je suis et, plus tard, je serai comme je devrai être. C'est dans l'ordre des choses. Quand on vieillit, c'est normal qu'on change. »

Même son prénom, Jasmine, est à l'image de la jeune fille sang-mêlé qu'elle est. Lorsqu'elle est née à Mayotte, une petite île au large de l'Afrique, sa mère voulait appeler sa fille Yasmina. Mais son père, un Métropolitain, avait opté pour sa traduction en français. Il considérait sans doute que le prénom arabe risquerait, lorsqu'elle serait devenue adulte, d'être un handicap sur le curriculum vitae.

Son prénom, elle l'aime bien. Il lui rappelle les colliers de fleurs parfumées qu'on y passe au cou des voyageurs lorsqu'ils débarquent de l'avion.

Lorsqu'elle a quitté l'Île, elle n'avait que quatre ans, mais ces fleurs ont marqué sa mémoire et resteront un doux souvenir.
Dans le jardinet qui entourait leur petite maison, comme des centaines de petites étoiles blanches piquées sur un buisson verdoyant, les délicates fleurettes de jasmin exhalaient des senteurs suaves dès le lever du jour. Et le frangipanier tendait ses bouquets de fleurs blanches au cœur d'or dans un écrin de feuilles lancéolées et brillantes. Parfois, un nectarina au magnifique plumage coloré venait se poser sur l'une de ses branches après avoir délicatement aspiré le nectar des hibiscus environnants.

À cette évocation, Jasmine ne peut retenir un sourire empreint de mélancolie.

Ses parents

Jasmine est donc née, il y a dix-huit ans, dans cette île de l'archipel des Comores, entre Afrique et Madagascar, qui est devenue le cent unième département français. Le hasard ou le destin avait voulu que ses parents s'y rencontrent.

C'est récemment, au cours d'un séjour dans son île natale, qu'elle a appris qu'elle était d'origine malgache par sa grand-mère maternelle. Celle-ci était venue de Madagascar pour épouser un Mahorais.

Quant à sa mère, quoiqu'elle parût plus âgée que son âge, elle venait d'avoir dix-sept ans quand elle avait rencontré le père de Jasmine. Comme beaucoup de jeunes filles mahoraises de cette époque, elle ne songeait qu'à une chose : quitter le toit familial où s'entassaient toute une kyrielle d'enfants dont elle était obligée de s'occuper. Étant l'aînée des filles, elle se devait de remplacer leur mère qui vivotait grâce à un petit étal de légumes au marché de Mamoudzou, la *capitale*.

L'enfance de la mère de Jasmine avait été celle de bon nombre de femmes mahoraises ou d'origine étrangère, Comoriennes ou Malgaches pour la plupart.
En effet, suivant en cela la tradition musulmane propre aux Comores depuis des siècles, sa mère était propriétaire de leur maison. Mais, son père, comme beaucoup d'hommes de son âge, était polygame et avait d'autres épouses plus jeunes et des enfants ailleurs dans l'île. Il ne faisait que de courtes apparitions dans le foyer. À cette occasion, il apportait un sac de riz, quelques kilos de mabawas, autrement dit des ailes de poulet, un

régime de bananes vertes, voire quelques billets de banque. Et, parfois, faisait un enfant de plus à sa femme. Ce n'était jamais un père aimant que la maman de Jasmine retrouvait, mais un véritable censeur qui s'intéressait davantage à ses résultats obtenus à l'école coranique qu'à ceux de l'école de la République.

En son absence, c'est la mère de famille qui régentait tout, s'ingéniant à élever ses enfants dans le respect des traditions. C'est pourquoi, nulle égalité entre eux. Ceux qui avaient eu la chance de naître garçons étaient privilégiés. Considérés comme de petits dieux à leur naissance, en grandissant ils avaient tous les droits jusqu'à ce qu'ils deviennent à leur tour des maîtres et seigneurs. Pour leurs frasques, beaucoup d'indulgence et quand, devenus adolescents, ils rêvaient d'indépendance, ils pouvaient aller construire leur cabane de célibataire, leur *banga*, à l'orée de la brousse. Pour les filles, obligation de rester sous le toit familial jusqu'à leur mariage. C'étaient elles aussi qui devaient seconder leur mère dans tous les travaux ménagers et aller faire la lessive à la rivière. D'études point.

C'est pourquoi, le samedi soir, elle mettait sa tenue la plus sexy après s'être fait natter les cheveux pendant des heures et allait danser au Mahaba Club, la discothèque branchée de l'île où se rendaient tous les *m'zungus*, c'est-à-dire les Blancs, esseulés.

C'est là qu'elle avait rencontré le père de Jasmine.
La trentaine, célibataire, il avait signé un contrat de deux ans comme professeur au lycée de Mamoudzou où il venait de commencer à enseigner. Il n'était pas laid, avait un traitement confortable grâce à sa prime d'expatrié, savait bien se déhancher

sur les rythmes tropicaux et n'était pas avare de compliments. Pour elle, il était symbole de liberté et d'une vie aisée.

Ce qui devait arriver arriva et… Jasmine naquit neuf mois plus tard dans *la plus grande maternité de France, voire d'Europe.*

Conscient de ses responsabilités, le jeune homme déménagea de son studio pour louer une maison dans le quartier habité par des expatriés, celui des Cent villas. Il postula aussi pour la reconduction de son contrat.

Une enfance heureuse

De ces quatre ans passés dans l'Île Hippocampe, comme on appelle aussi Mayotte, Jasmine n'a que peu de souvenirs. Mais des souvenirs heureux en ce qui la concerne.

Son père l'adorait. Il la juchait sur son dos pour aller faire de grandes promenades dans la brousse où il lui apprenait le nom des arbres : les cocotiers, les bananiers, les manguiers, les kapokiers et les jacquiers aux énormes fruits. Il la faisait rire en lui montrant *l'arbre à caca* ou *l'arbre à saucisses*. Par la suite, elle chercha sur internet quels étaient les noms de ces arbres aux noms étranges qui avaient bercé son enfance. Mais, toujours, elle préféra les noms populaires à sterculia fetida ou kégélia qui faisaient trop pompeux. Un jour, dans le sud de Grande Terre, il l'avait hissée dans un énorme baobab pour lui faire admirer ses magnifiques fleurs blanches, aussi grosses que des assiettes. Elle avait ri de contentement en voyant de drôles de parapluies, accrochés à l'envers, qui s'envolèrent des branches à leur approche. C'étaient de ravissantes roussettes, ces grosses chauves-souris frugivores à tête de renard et au beau plastron orangé.

Il lui apprit aussi le nom des nombreuses fleurs et arbustes qui jalonnaient leurs promenades.

Bientôt, la petite fille se plut à les énumérer en essayant de ne pas estropier ces mots encore compliqués pour elle.

Son père était si heureux de la voir s'enthousiasmer pour les beautés de la nature et tirer profit de ses leçons !

« Regarde, Papa. Ce jacaranda, tu ne trouves pas qu'il est magnifique avec toutes ses fleurs bleues ? Et ce bauhinia, on dirait qu'il est plein de papillons roses…

Dis donc, y a beaucoup de tulipiers du Gabon dans cette forêt. Pourquoi ?

— Ce sont les roussettes et les lémuriens qui dispersent leurs graines dans leurs cacas. C'est pareil pour les papayers, les manguiers et d'autres arbres. Malheureusement, des gens tuent ces animaux et coupent les arbres où ils vivaient.

— Ils sont bêtes ! Pourquoi ils font ça ?

— Quand tu auras grandi, tu comprendras que, malheureusement, bien des hommes ne voient pas plus loin que le bout de leur nez. Ils détruisent la nature, tuent les animaux sans penser que ce qui a disparu ne reviendra plus. D'ici quelques années, les enfants ne verront peut-être plus de roussettes ou de makis à Mayotte.

— Moi, quand je serai grande, je dirai à tout le monde qu'il ne faut pas faire ça. Et je protégerai les animaux et les arbres. »

Chaque fois qu'au détour d'un sentier, bonheur suprême, ils apercevaient furtivement des queues en panache dans les branchages, il lui parlait longuement des lémurs bruns qu'à Mayotte on appelle makis et dont le nombre diminuait de jour en jour. Quand, pour la première fois, ces adorables primates arrivèrent à la queue leu leu sur un fil télégraphique devant leur maison, son père les attira avec des bananes mûres. Opportunistes, ils revinrent chaque jour, car la récolte de fruits sauvages dans la brousse devenait aléatoire à cause de la concurrence humaine. Bientôt, des régimes entiers de bananes vertes, achetées au marché, mûrirent dans le salon de leur maison et le repas quotidien des lémuriens fut un grand moment de joie pour Jasmine. Surtout quand, sur le dos d'une femelle, un petit la regardait avec ses grands yeux ronds couleur d'ambre et d'or. Avec leurs mains, les mignons makis prenaient délicatement le fruit que leur tendait la petite fille, le dégustaient, puis s'en allaient tranquillement. Mais, jamais à son grand désespoir, elle ne put les caresser. Leur pelage semblait pourtant si doux. Ils restaient des animaux sauvages.

Son père lui avait aussi appris à nager.

Le dimanche, avec d'autres expatriés qui possédaient un petit bateau, ils allaient pique-niquer sur l'un des îlots qui parsèment le lagon. L'eau était chaude et, parfois, ils apercevaient une tortue marine qui venait respirer en surface. De temps à autre, de facétieux dauphins venaient faire des cabrioles autour de l'embarcation. Un jour, elle avait même pu apercevoir les nageoires caudales de baleines qui batifolaient au loin.

Elle était encore trop petite pour faire de la plongée sous-marine, aussi son père lui avait-il montré dans des livres les nombreux poissons multicolores qui nagent parmi les coraux aux formes variées.

Plus tard, ce furent ces souvenirs-là qui lui revinrent en mémoire quand elle pensait à son père.

Et sa mère ?
Sans doute un peu jalouse des attentions de son mari pour leur fille, elle manquait souvent de patience avec elle. Quand la petite ne comprenait pas ce qu'elle lui disait en shimahorais, elle s'énervait et criait. Pour Jasmine, pas de câlins, d'histoires lues avant de s'endormir. Elle se devait de rester bien sagement assise sur le sol de la varangue ou sur le divan du salon, à jouer avec une poupée, pendant que sa maman regardait une série

américaine ou brésilienne à la télé. Sa mère, elle le comprit plus tard, n'était pas prête pour la maternité. Sa jeunesse, elle voulait la mettre à profit pour passer du bon temps.

Seul le Ramadan permettait une certaine complicité entre la mère et sa fille. Jasmine pouvait assister aux préparatifs des repas pantagruéliques qui étaient pris la nuit au moment de la rupture du jeûne et qui réunissait la famille maternelle au grand complet : grands-parents, oncles, tantes et tous leurs enfants. Sa maman montrait à Jasmine comment on préparait les gâteaux pour le dessert – c'était sa spécialité – et lui permettait même d'en goûter.

La petite fille, malgré son jeune âge, sentait que, dans le couple, le climat n'était pas à l'harmonie. Devenue adolescente, Jasmine avait subodoré ce qui avait séparé ses parents. C'était un manque de communication et, surtout, le fait qu'ils étaient de cultures différentes.

Son père, originaire des Alpes de Haute Provence, avait été élevé dans la pure tradition française aux sources judéo-chrétiennes. Il aimait et respectait ses parents ; mais avait pris très tôt son indépendance. Pour lui, dans le couple, la femme était l'égale de l'homme et complémentaire. Un enfant était le prolongement de leur amour et qu'il soit garçon ou fille importait peu. Ensemble, tous formaient une famille.

Sa mère, elle, n'ayant pas fait d'études, ne s'était pas *occidentalisée* comme bon nombre de Mahorais et Mahoraises. Jasmine avait donc très vite su que, pour sa mère, se mettre en ménage avec ce jeune Européen avait été une délivrance. La maternité n'avait été qu'un prétexte, car bien des jeunes femmes célibataires faisaient élever leur enfant au sein de leur propre famille, par leur mère, une tante ou une sœur.

Pour la jeune femme mahoraise, la vie de couple n'avait pas été synonyme d'amour. Seulement un marché conclu entre deux personnes de sexe différent. Elle offrait son corps à son compagnon quand il en manifestait le désir. Cependant, en échange, elle attendait de lui qu'il subvienne à tous ses besoins. Elle espérait qu'il lui achèterait beaucoup de vêtements, des colifichets et surtout des bijoux pour qu'elle soit le plus désirable possible. Avec le recul, comme sa mère aimait aller faire la fête avec ses amies quand le père était trop fatigué pour sortir, Jasmine en était venue à douter de sa fidélité.

Quand ils quittèrent Mayotte à la fin du contrat de son père, les choses ne s'améliorèrent pas. Bien au contraire.

Dans les Alpes de Haute Provence

Son père avait été muté dans un lycée de Perpignan.

Après quatre ans passés sous les tropiques dans un environnement verdoyant, il imaginait difficilement de vivre en appartement, dans une ville bruyante et grouillant de monde. Il décida de chercher un logement à la campagne, quitte à devoir parcourir des dizaines de kilomètres pour se rendre à son travail. Il avait devant lui près de deux mois des vacances estivales pour trouver l'endroit de ses rêves.

En attendant, ils logeraient tous dans les Alpes de Haute Provence, chez ses parents qui avaient proposé de les accueillir.

Pour la petite Jasmine, ce furent deux mois inoubliables. Elle découvrit un Papy et une Mamy qui n'avaient d'yeux que pour elle. Tout justes retraités, ils avaient bien l'intention de ne pas devenir de petits vieux avant l'heure en se contentant d'une vie oisive et routinière. Leur dernière petite-fille allait leur donner l'occasion de s'occuper à plein temps.

Avec Papy, chaque jour elle faisait de longues promenades. Quand elle se sentait un peu fatiguée, il lui suffisait de tendre les bras vers son aïeul qui, tout de suite, comprenait ce qu'elle voulait. Aussitôt, il la juchait sur ses épaules et avançait, tantôt au pas, tantôt au trot. De temps à autre, il poussait un long hennissement qui faisait rire la fillette aux éclats. Une halte obligatoire près d'un enclos où, parmi quelques vaches, paissait un âne. Celui-ci ne tardait pas à venir quémander son lot de caresses et surtout sa friandise quotidienne, une carotte bien croquante. Jasmine frôlait délicatement le doux museau velouté et l'âne montrait qu'il appréciait en remuant ses longues oreilles.

Mais ce qui fascinait le plus Jasmine était un petit animal plein de poils, qui sifflait à l'approche de tout intrus sur son territoire. Les marmottes étaient amusantes. Assises sur leur postérieur, elles grignotaient des herbes et des fleurs qu'elles tenaient délicatement entre leurs pattes avant. De loin en loin, ils en apercevaient une, dressée sur une grosse pierre, le guetteur de service. Le moindre triangle dans le bleu azuré ou une silhouette fauve au loin, aussitôt retentissait un cri aigu. De partout, vives comme l'éclair, les marmottes accouraient et, bientôt, on ne voyait plus d'elles que des petits derrières qui s'engouffraient dans un terrier. Ce n'était pas ce jour-là que l'aigle ou le renard ferait bonne chère.

En fin d'après midi, elle aimait aussi, montée sur une chaise, regarder par la fenêtre l'autre versant de la vallée. Elle scrutait attentivement l'endroit où la forêt, en un long feston, mordait sur la prairie.
Soudain, elle s'exclamait : « Il y en a un, non deux ! ».
Et le grand-père jouait à celui qui n'avait rien vu ou prétendait que c'étaient des vaches.
« Papy, il faut que tu achètes des lunettes. Je suis sûre que c'est des cerfs. »

Les journées s'écoulaient ainsi, apportant chacune leur lot de découvertes. Tantôt, c'étaient des champignons qu'ils rapportaient tous deux pour en faire de succulentes fricassées. Tantôt, c'étaient des brassées de fleurs sauvages que la petite avait cueillies avec ravissement. Bientôt aussi, le jardin reçut des pyramides de galets veinés de rose, de vert ou de noir, qu'ils ramassaient sur les bords de l'Ubaye.

Au retour de chacune de leurs échappées, Jasmine et son papy s'attablaient, l'œil gourmand et les papilles impatientes, devant la tarte aux myrtilles ou le gâteau au chocolat que leur avait préparé Mamy pendant leur absence.

Quelles merveilleuses vacances c'était là !

Pendant ce temps, son père pianotait sur l'ordinateur, compulsant toutes les offres de location autour de Perpignan. Prenait des notes. Donnait des coups de téléphone. Dépité, faisait d'autres recherches. Composait de nouveaux numéros sur son portable. Fulminait contre des répondeurs ou s'énervait parce que son appareil était déchargé.

Quant à sa mère, elle s'ennuyait. Pour son premier contact avec la métropole, c'était bien sa chance que d'avoir atterri dans un hameau perdu, au fin fond d'une vallée des montagnes alpines ! Se natter les cheveux, se peindre les ongles, regarder des variétés ou une série à la télé, ça allait bien pour tuer quelques heures ; mais traîner ainsi jour après jour, c'était inhumain. Elle craignait que ce séjour ne dure une éternité. Elle ne pouvait même pas se distraire en feuilletant des magazines people – la grand-mère n'achetait pas ce genre de lectures – ou en allant faire du lèche-vitrines. Le premier bourg était à des dizaines de kilomètres et, dans le village, le seul commerce était la ferme où, dans l'étable, on pouvait acheter du lait crémeux à peine sorti des pis et fleurant bon les pâturages.

Sa belle-mère l'avait invitée à l'y accompagner. Mais pas question de salir ses escarpins dans la cour d'une ferme et encore moins d'y supporter l'odeur des animaux.

Si, dans les premiers jours, amorce d'entente cordiale il y avait eu entre les deux femmes, elle ne dura guère. La cuisine, qui aurait dû être un lieu de partages, restait le territoire de la grand-mère, sa bru ayant décrété qu'elle ne pourrait pas préparer les repas, puisqu'elle ne disposerait pas des ingrédients indispensables à la préparation des plats. Très vite, elles évitèrent donc de s'adresser la parole et, de toute façon, ne savaient pas quoi se dire. Leurs centres d'intérêt étaient aux antipodes. La mère ne comprenait pas pourquoi son fils avait pris pour compagne cette femme superficielle et sans culture et celle-ci avait pensé d'emblée qu'elle était rejetée par racisme.

Heureusement, il y avait la présence de cette petite métisse adorable qui égayait pour quelque temps les journées des sexagénaires.

La tension entre les adultes montait peu à peu. D'abord sourd, le ressentiment réciproque enflait subrepticement. Même le grand-père, qui au début du séjour n'avait pas été avare de compliments sur les toilettes de sa belle-fille, commençait à la battre froid.

Le père de Jasmine avait compris qu'un clash entre ses parents et sa compagne allait éclater sous le moindre prétexte. Il prit l'excuse du marché à Barcelonnette pour détendre l'atmosphère. Ses parents pourraient souffler un peu pendant que le trio des ex-Mahorais passerait la journée dans la petite bourgade.

Il n'imaginait pas que cette journée de détente allait contribuer à ruiner davantage leur couple déjà chancelant. À cause de Jasmine.

Le chat

La journée avait pourtant bien commencé. Elle s'annonçait radieuse.

Le soleil qui montait lentement au-dessus des cimes leur donnait des reflets d'or et la forêt semblait s'ébrouer au sortir de la nuit. La rosée s'évaporait en nappes légères dans les prairies du fond de la vallée et l'Ubaye folâtrait de rocher en rocher en les éclaboussant de perles d'argent.

La route était sinueuse et, après chaque virage, la nature dévoilait des facettes différentes. C'étaient, tantôt de minuscules parcelles d'un vert tendre enchâssées dans de sombres forêts qui escaladaient la montagne, tantôt des pics acérés et nus, baignés de lumière. Parfois, la rivière formait de petites cascades entre des rives abruptes avant de prendre ses aises parmi les joncs et de minuscules bancs de sable.

Le père se mit à fredonner une très vieille chanson de Charles Trenet qui était remontée à sa mémoire. « Douce France, cher pays de mon enfance. Je t'ai gardée au fond de mon cœur… la la la la… » car il avait oublié la suite. Cette douce romance plut à Jasmine qui, bien des années plus tard, s'en souviendrait encore.

Le bourg était très animé. En ce jour de marché, les ménagères des hameaux avoisinants, traînant des cabas à roulettes, faisaient la queue devant l'étal des maraîchers et des bouchers et les touristes baguenaudaient entre les stands de produits locaux. C'était un peu de Provence qu'ils venaient chercher dans ces montagnes.

Jasmine ne se lassait pas d'écouter les explications que lui donnait son père sur le miel et les abeilles, sur l'huile d'olives ou les savons de Marseille. À l'étal d'un fleuriste, c'est elle qui choisit des fleurs pour sa grand-mère. Ils déambulaient sereinement entre les différents stands comme les autres badauds, sans souci de l'heure.

Soudain, son père regarda sa montre.
« Continuez sans moi. Il faut absolument que je passe à la banque avant midi. À mon retour, nous irons au restaurant et, ensuite, nous ferons un peu de tourisme dans la ville. »

Il tendit rapidement quelques euros à sa compagne, car il avait remarqué que son regard s'était longuement attardé sur des vêtements et des babioles.

Jasmine regardait partir son père à grandes foulées quand sa mère la tira brutalement par la main en lui disant : « Viens, ce n'est pas le moment de rêvasser ! »

En quelques enjambées, traînant par la main la petite qui avait du mal à suivre, sa mère se dirigea tout droit vers un étal où s'amoncelaient des tissus chamarrés. Sous les baleines de grands parasols, des robes multicolores se balançaient au rythme d'une brise polissonne. La petite fille ne regardait qu'elles. En effet, le commerçant avait pris soin de leur ajouter des colifichets qui tenaient lieu de ceintures pour des tailles de guêpes. Son imagination aidant, ce qu'elle voyait, c'était une ronde joyeuse de poupées multicolores qui chantaient « Douce France… ».

Elle ne s'était même pas aperçue de l'absence de sa mère qui, sur les conseils du marchand, s'était isolée dans la camionnette qui servait de salon d'essayage.

Un léger chatouillis sur son mollet. Étonnée, elle sursauta, tirée brutalement de sa rêverie.
C'étaient les vibrisses d'un chat au pelage noir luisant qui la regardait intensément de ses yeux couleur d'émeraude. Sans doute attendait-il une caresse. Jasmine n'était pas de nature à se laisser prier longtemps. Elle se baissa et passa longuement sa main sur le poil soyeux. L'animal sembla apprécier mais, après quelques minutes, s'étira voluptueusement, puis s'éloigna lentement. Il se retourna vers la fillette comme l'invitant à le suivre. Elle n'hésita pas. Elle commençait à s'ennuyer à attendre sa mère et ce petit animal lui donnait l'occasion de se dégourdir les jambes.

Il courait de plus en plus vite, se retournant de temps à autre pour voir si elle le suivait. Se cachant derrière une haie, reparaissant derrière un bosquet fleuri, il menait le jeu de cache-cache. Bientôt, ils se retrouvèrent dans un petit parc. Ou était-ce un jardin ?

Les bruits de la ville ne parvenaient pas jusque-là et des oiseaux y avaient entamé un concert fait de cris, de gazouillis et de trilles. Ici, l'animal semblait avoir ses habitudes. Lestement, il escalada le tronc d'un platane et s'allongea de tout son long sur une branche comme s'il était arrivé à destination. La narguait-il ou voulait-il qu'elle le rejoigne ? Elle aurait aimé mais, malheureusement, elle ne savait pas grimper aux arbres.

Comme il ne semblait pas disposé à redescendre et à continuer leur jeu, elle décida de rejoindre sa mère.

Cependant, Petit Poucet distrait, elle avait oublié de semer des cailloux sur le chemin qu'elle avait emprunté. Où était le marché ?
Elle suivit une allée bordée de bosquets, puis une autre. À présent, c'était un parking. Puis une ruelle étroite. Elle contourna une propriété fermée par une grande grille. Elle ne se souvenait pas d'être passée par là. Elle était perdue.

Elle ne reverrait plus son papa. Elle avait envie de pleurer. Mais elle refoula ses larmes. Son papy lui avait dit qu'elle était grande maintenant et une grande fille ça ne pleure pas comme un bébé.

À tout hasard, elle emprunta le trottoir d'une rue où défilaient les voitures. Ces gens devaient certainement aller au marché. Il suffisait de les suivre…
Ses petites jambes ne la portaient plus et lui faisaient mal. Elle n'eut plus le courage de continuer et se laissa choir plutôt qu'elle ne s'assit, adossée au mur d'une maison. Elle ne pouvait plus retenir ses larmes.

Une dame s'approcha d'elle et lui demanda ce qui était arrivé. Elle ne pouvait que répéter :
« Je me suis perdue. Je ne retrouve plus mon papa et ma maman. »
Son père lui avait maintes fois répété qu'elle ne devait jamais suivre un inconnu. Mais cette dame paraissait si gentille et elle voulait l'aider. Alors, elle se leva et monta dans la voiture de la femme.

Où l'emmenait-elle ? Son père n'était pas passé par là ce matin. Et si cette dame était une voleuse d'enfants ? Elle se remit à pleurer bruyamment.

Scène de ménage

Ce n'est que lorsqu'elles arrivèrent devant le poste de la Gendarmerie Nationale et qu'elle aperçut la voiture de son père, garée devant l'entrée, que ses larmes cessèrent de couler. Cette dame n'était pas une voleuse d'enfants. Sa mésaventure prenait une autre dimension. Elle devenait une aventure, de celle que l'on raconte aux petites copines dans la cour de récréation… ou plus tard à ses enfants.

Son père, le front soucieux, cherchait fébrilement une photo dans son portefeuille quand elle entra. « Papa ! ». Le cri avait instinctivement jailli avec force de la poitrine de la fillette.
Il se retourna vivement et un large sourire illumina aussitôt son visage. Il lui tendit les bras et elle s'y précipita en bousculant sa mère au passage. Il ne cessa de la couvrir de baisers sous le regard attendri d'un brigadier. Sa mère reniflait en s'épongeant les yeux.

Elle continua à renifler tout au long du trajet du retour. Comme l'après-midi était déjà bien entamé, ils avaient repris la route sans tarder. Il n'était plus l'heure d'aller au restaurant, un sandwich ayant fait l'affaire. Quant à aller admirer les demeures d'inspiration mexicaine ou visiter le musée, il n'en avait plus été question non plus, vu les circonstances.

Oubliant que Jasmine l'écoutait, son père déversait sur sa compagne tous les griefs accumulés depuis de longs mois. Elle ne pensait qu'à elle et à des futilités. Aucun sens des responsabilités. Elle ne se comportait pas comme une mère mais comme une gamine. Pourquoi n'avait-elle pas mieux surveillé leur fille ? Celle-ci n'avait pas encore quatre ans. Elle aurait pu être enlevée ou avoir un accident. Une mère, une vraie, doit toujours avoir l'œil sur son enfant, même quand elle est occupée. Et bla bla bla et bla bla bla. Jasmine n'écoutait plus parce qu'elle ne comprenait pas tout. Elle réalisa cependant que son père avait eu très peur pour elle et était en train de gronder sa maman comme si elle était encore une enfant.

Pour trouver le trajet moins long, elle s'amusa à observer les nuages blancs qui semblaient voguer dans le ciel. Son imagination aidant, elle ne voyait pas des cumulus, ce mot savant que lui avait appris son papa, mais des moutons se suivant à la queue leu leu, un gros nounours assis sur son derrière, un grand oiseau aux ailes déployées et même un chat tout blanc avec de gros yeux bleus.

Soudain le père se tut. On n'entendait plus que le ronronnement du moteur de la voiture et, sous les roues, le crissement des gravillons du bord de route.

Après un soupir d'exaspération, qui fit sortir Jasmine de ses rêves, il reprit :
« De toute façon, notre mariage est un fiasco complet. Tu n'as fait aucun effort pour t'intégrer dans la société dans laquelle nous vivons. »
Sur un ton très véhément, sa maman rétorqua :
« Et toi ? Qu'as-tu fait pour me comprendre ? Tu veux que je vive, que je pense comme une Européenne, mais je reste une Africaine. Et puis, cette gamine, elle m'emmerde. Elle m'a pris ma jeunesse. Elle m'empêche de vivre. Si tu n'avais pas insisté pour la garder, je me serais débarrassée du fœtus ou je l'aurais confiée à ma mère après sa naissance. Et, si ça se trouve, aujourd'hui, elle s'est sauvée exprès pour que tu m'engueules. »

Jasmine estima alors que sa mère ne l'aimait pas. Et de grosses larmes glissèrent silencieusement sur ses joues.

Pendant longtemps la petite métisse porterait ce poids sur le cœur.

Lorsqu'ils arrivèrent au chalet, la grand-mère les guettait depuis la fenêtre de la cuisine. Elle leur fit de grands gestes qui signifiaient : « Vite ! Vite ! C'est urgent. »

Son fils se précipita hors de la voiture et fila vers l'entrée de la maison. Que se passait-il ? La fillette en oublia de continuer à pleurer et courut aussi vite qu'elle put pour rejoindre les adultes. Son père était déjà au téléphone.

« Qu'est-ce qu'y a, Mamy ?
— Chut ! Ne dérangeons pas ton père. Viens avec moi à la cuisine. J'ai préparé une bonne tarte aux abricots. Mais… regarde-moi. On dirait que tu as pleuré. Pourquoi ? »
Du haut de ses presque quatre ans, la petite fille sentit qu'il ne fallait pas alarmer ses grands-parents.
« Ce n'est rien, Mamy. J'ai joué avec un chat. Alors Papa et Maman ont cru que j'étais perdue et ils ont eu très peur. Et comme j'avais honte, j'ai pleuré. Et maintenant, on la goûte ta tarte ? »
À l'avance, elle se léchait les babines et la gourmandise fit pétiller ses yeux.

L'incident fut passé sous silence car, la conversation téléphonique terminée, le père entra à son tour dans la cuisine, un grand sourire aux lèvres.

« Ça y est, j'ai enfin trouvé un logement qui me convient. C'est à Céret, une petite ville située à environ trente kilomètres du lycée dans lequel j'enseignerai à Perpignan à la rentrée.

— C'est une maison, Papa ?

— Oui. Avec un beau jardin, des fleurs et des cerisiers. Je vais te montrer sur internet, il y a des photos.

— Heureusement que vous êtes rentrés assez tôt, intervint la grand-mère, car sinon cette opportunité te passait sous le nez. Le propriétaire m'a dit que si tu ne le rappelais pas avant 16 heures, il louerait la maison à une autre famille qui était intéressée. »

Jasmine ne put s'empêcher de murmurer : « Merci petit chat, grâce à toi, on est rentrés plus tôt.

— Qu'est-ce que tu dis ma petite fille ?

— Rien, Mamy. Je disais que j'étais contente. »

Heureuse, elle l'était en effet puisque, si elle ne s'était pas perdue, ils seraient encore en train de flâner dans la bourgade et son père serait déçu d'avoir manqué cette location.

Et puis, sa mère reviendrait peut-être à de meilleurs sentiments quand ils auraient quitté ce *bled pourri,* comme elle disait, et qu'ils seraient à nouveau seuls tous les trois.

Bien sûr, son papy et sa mamy lui manqueraient beaucoup.

En Catalogne

Effectivement, la maison avait beaucoup de charme et la fillette y avait sa propre chambre.

Elle ouvrit avec fébrilité les cartons du déménagement pour y découvrir tous ses jouets et sa poupée préférée qu'elle installa confortablement sur son lit où trônaient déjà nombre de peluches. Car les grands parents avaient tenu, avant le départ, à emmener Jasmine dans un magasin pour qu'elle y choisisse elle-même tous les petits animaux qui lui rappelleraient la vallée de l'Ubaye et, par la même occasion, son papy et sa mamy. Trouverait-elle une place pour dormir entre marmotte, loup, âne, agnelet et maki, tortue et dauphin rapportés de Mayotte ?

À ce souvenir la jeune fille qu'est devenue Jasmine, réalise combien elle a été une petite fille gâtée par sa famille. Rien n'a été trop beau ou cher pour elle. Même sa maman avait dépensé des sommes considérables pour qu'elle fût toujours habillée à la dernière mode, comme une princesse qu'elle était.
Car, à Céret, sa maman avait retrouvé le sourire.

L'emménagement une fois terminé, sa mère fréquentait boutiques et marchés pour habiller les fenêtres et décorer leur intérieur. La carte bleue *chauffait* et elle se sentait revivre.
Quant à son père, il partait à la découverte de la petite ville.

Jasmine adorait l'accompagner dans les ruelles étroites aux balcons de fer forgé et, surtout, dans l'artère principale ombragée par de grands platanes. Il lui avait dit que la ville lui rappelait Aix en Provence, mais en miniature. Elle, elle ne comprenait pas bien ce que son père voulait dire ; mais, comme il semblait heureux, ça lui suffisait. Il oubliait qu'elle n'était qu'une toute petite fille et l'emmena au musée des Arts Modernes. Il lui parla de Picasso, de Juan Gris, de Chaim Soutine, de Marc Chagall, des artistes qui avaient séjourné à Céret. Ces noms, elle les oublia aussi vite que prononcés. Cependant, ils restèrent enfouis dans sa mémoire et, bien des années plus tard, en admirant leurs toiles, elle en avait eu les larmes aux yeux.

Leur trio sembla enfin former une vraie famille. Les parents ne se disputaient plus… du moins pas devant elle. Bien sûr, la fillette ne les voyait jamais s'embrasser et se dire des mots doux comme dans certains films que regardait sa maman. Ils ne se parlaient pas beaucoup non plus. Peut-être qu'ils n'avaient pas grand-chose à se dire. Faut pas chercher à comprendre les grandes personnes.

Ils mirent aussi à profit la fin des vacances pour aller visiter les petites villes du littoral. Jasmine avait aimé les Alpes de Haute Provence et leurs sommets déchiquetés, les prairies où elle aimait shooter dans d'énormes vesces de loup, les forêts qui poussaient au flanc des montagnes comme si elles en glissaient. Elle avait aimé l'Ubaye qui jouait à saute-mouton sur les galets et s'infiltrait entre des rochers argentés.

Ici, c'était autre chose. C'était une terre de soleil et de mer bleue. Même les bourgades, qui se cachaient dans les vignes ou s'accrochaient comme des vigies au-dessus des falaises, avaient la couleur du soleil. Elle fut un peu déçue par la mer car il n'y avait pas, comme à Mayotte, de petits îlots qui piquetaient toute cette étendue bleue. Mais sa déception disparut quand elle put aller y patauger, même si l'eau était nettement plus froide que dans le lagon mahoris. Ces baignades étaient de vraies parties de plaisir et ils rentraient tous trois très heureux de ces escapades.

Toutefois, toutes les bonnes choses ont une fin. La rentrée scolaire allait marquer une nouvelle étape dans sa vie et celle de sa famille.

Son père l'avait inscrite dans l'école maternelle la plus proche de leur domicile. Il était, bien entendu, hors de question qu'elle s'y rende seule. Et ils n'avaient qu'une voiture. Sa mère utilisa cet argument pour que la fillette reste à la cantine scolaire pendant la pause déjeuner. Un aller-retour à pied prenait bien trop de temps ! Par ailleurs, dès la fin de la première semaine, elle s'était déclarée fatiguée par les trajets incessants.

Quand son emploi du temps le permettait, c'est donc son père qui la déposait le matin dans la cour de l'école ou allait la rechercher le soir. Moments privilégiés dans la journée.
Jusqu'au jour où sa mère, qui lisait attentivement toutes les annonces dans le journal gratuit, usant de paroles charmeuses puis de récriminations, demanda et obtint l'achat d'une petite voiture d'occasion, puisqu'elle avait son permis de conduire passé à Mayotte. Que ne ferait pas un homme pour avoir la paix chez lui !

Dès lors, chaque matin, sa mère la déposait à la porte de son école. Rapidement, comme un colis dont on a envie de se débarrasser au plus vite. Après un « Sois sage ! », elle redémarrait la voiture sur les chapeaux de roues. En fin d'après-midi, c'était toujours elle qui arrivait la dernière. Sa mère ne descendait même pas de la voiture et se contentait de lui faire signe de monter au plus vite.

La gamine aurait aimé quelques câlins au moment de l'au revoir et des retrouvailles comme ceux auxquels ses petits camarades avaient droit. Mais sa mère n'était pas du genre démonstratif et la petite ne s'en formalisait pas. D'autant que son institutrice était très douce et était très gentille avec elle.

Il est vrai que Jasmine était une élève charmante. N'oubliant jamais un *merci* ou un *s'il vous plaît madame*, écoutant attentivement ce qu'on lui disait et essayant de faire au mieux ce qu'on exigeait d'elle. Son père avait été très strict sur ce point : c'est aux parents qu'échoit l'éducation des enfants et non aux enseignants. Ces derniers considéraient que cette fillette était déjà très mûre pour son âge et avait des connaissances qui dépassaient de loin celles de ses camarades. Privilège ou handicap, elle vivait sans frère et sœur dans un monde d'adultes, avec de surcroît un enseignant comme père.

Cependant, en cours de récréation ou à la cantine, c'était une petite fille semblable aux autres. Comme elle, beaucoup d'enfants avaient les cheveux foncés et la peau mate. Son métissage n'était donc pas un objet de risée. Cependant, ce qui la différenciait de la majorité d'entre eux, c'est qu'elle ne parlait pas catalan. Alors, quand ils se moquaient d'elle dans leur dialecte, elle leur rétorquait :
« *Jéjé, caribou, cavou !* », les seuls mots de shimahorais dont elle se souvenait. Match nul.
(Bonjour, bienvenue, il n'y en a plus)

Le soir, quand son papa rentrait du lycée, il ne manquait jamais de l'interroger sur ce qu'elle avait fait dans la journée, puis la douchait et, après le repas du soir, lui lisait des contes et légendes avant de s'endormir. Des histoires d'animaux aussi parce que les mésaventures de princesses ne l'intéressaient guère.

Toute sa vie elle se souviendrait de ces moments de communion intense avec son père.

Le drame

Et puis un jour, alors qu'elle se préparait à sortir de l'école, la maîtresse la prit doucement contre elle en lui disant :

« Ma petite Jasmine, il faut que tu sois très courageuse.

— Pourquoi, Madame ?

— Ton papa ne rentrera pas ce soir.

— Pourquoi ? »

Elle ne comprenait pas. Et, d'abord, qu'est-ce que ça voulait dire être courageuse ?

« Ton papa est parti vers les étoiles.

— Mais, il n'est pas cosmonaute.

— Je sais. Tu te souviens du petit chat que nous avons trouvé devant l'école ?

— Celui qui s'est fait écraser par une voiture ?

— Oui. Et je vous avais dit qu'il était heureux maintenant, dans le ciel, avec d'autres chats et de bons maîtres.

— Oui. Et c'est pour ça qu'il ne fallait pas pleurer.

— Eh bien, pour ton papa c'est la même chose. Il a eu un accident et, depuis l'étoile où il est maintenant, il te voit et veille sur toi. »

Jasmine se souvenait comment elle était passée brutalement d'une enfance radieuse à la triste réalité. Elle n'avait pas réalisé tout de suite ce qui était vraiment arrivé. Ce n'est que le soir, quand sa mère l'avait couchée, qu'elle avait vraiment compris. Elle avait hurlé : « Papa, Papa, viens !!! »

Mais son père n'était plus là. Il ne reviendrait plus la bercer et lui raconter l'histoire du petit cagou ou celle du caméléon et de la coccinelle. À partir de maintenant, elle serait comme le petit renardeau qui avait perdu sa maman. Sa maman à elle, Jasmine, ne remplacerait jamais son papa dans son cœur. D'ailleurs, quand celle-ci vint pour la consoler, elle la repoussa brutalement.

Dans les jours qui suivirent, elle avait l'impression d'être seule à porter le poids de l'absence.
Sa mère s'activait beaucoup et ne s'occupa guère de la fillette pendant les mois qui suivirent. Elle avait tant à faire entre la banque, la compagnie d'assurances et le notaire !
De ce fait, elle confiait souvent Jasmine à des voisins qui avaient une fille du même âge.
C'est ainsi qu'elle s'était liée d'amitié avec Ambre et ses parents qui allaient bientôt quitter la Catalogne pour la Lorraine.

Un jour, tout excitée, sa mère lui annonça :
« On va partir à Paris. L'une de mes anciennes copines y habite maintenant. Elle va nous trouver un logement. Elle m'a dit que c'est beau Paris. Il y a plein de magasins et je t'emmènerai à la Tour Eiffel. »
Jasmine était très triste de quitter Ambre mais elle était ravie. Puisque sa mère était contente, peut-être qu'elle serait plus gentille avec elle quand elles vivraient dans la capitale…

Et puis, Paris était un mot magique qui lui rappelait son papa. Grâce à internet, il l'y avait déjà emmenée en voyage virtuel. La Tour Eiffel ? Elle la connaissait puisque, du dernier étage, elle avait pu voir la ville à ses pieds et les voitures et les gens plus petits que des fourmis. Son papa lui avait même expliqué que ce monument qui est pour les touristes le symbole de la ville aurait dû être démonté il y a plus de cent ans.

Elle avait été étonnée par toutes ces églises, basiliques ou cathédrales comme son papa les appelait. Qu'elles étaient grandes et belles ! À Mayotte, il n'y avait qu'une toute petite église et des mosquées.

Pour chaque photo de monument qui défilait sur l'écran de l'ordinateur, il lui avait expliqué quand et pourquoi on l'avait construit. Il lui avait aussi fait admirer les hiéroglyphes tracés sur l'obélisque de la Concorde et parlé des anciens Égyptiens. Mais les images qu'elle avait préférées, c'étaient celles prises depuis un bateau-mouche, sur la Seine, le soir. C'était féérique.

Jasmine n'avait rien oublié et, quand elle en avait parlé à sa maman et demandé si elles verraient aussi les faucons crécerelles qui nichent dans les gargouilles de la grande cathédrale qu'on appelle Notre-Dame, le Muséum d'Histoire Naturelle et le zoo de Vincennes, celle-ci lui avait répondu sèchement :

« Cesse de faire ton intéressante ! C'est bien ton père, ça, pour t'avoir mis toutes ces idées en tête. Moi, j'aurai d'autres choses à faire que de traîner devant de vieilles pierres ou perdre mon temps à regarder des animaux. »

À Paris

En réalité, de la capitale, Jasmine n'avait vu que ce que les sorties scolaires lui avaient permis de visiter. Au Louvre, comme tout le monde, elle avait admiré 'La Joconde'. Cependant, elle avait nettement préféré les Anubis et les Horus de la salle égyptienne. Et, au Muséum d'Histoire Naturelle, elle avait été d'autant plus éblouie que la visite s'était terminée au Jardin des Plantes.
À l'école primaire puis au collège, ces excursions pédagogiques avaient été comme des bouffées d'air frais dans son univers quotidien.

Celui-ci se résumait à des alignements d'immeubles aux cages d'escaliers taguées, aux pétarades de deux roues et à l'affrontement de gangs pour un territoire. Car sa mère et elle vivaient dans une HLM de banlieue.
Tout autre logement eût été trop dispendieux car le petit magot, dont sa mère avait hérité par testament, avait vite fondu. Au début de son veuvage, elle avait envoyé de gros colis à ses parents, frères et sœurs, et même à des cousins. Elle avait voulu, selon la tradition africaine, les faire bénéficier de son petit pécule. Elle avait aussi fréquenté tous les marchés environnants pour faire ample provision de vêtements colorés qui ne déparaient pas dans la population multiculturelle du quartier. L'acquisition d'une télé à grand écran plat et l'achat d'un portable dernier cri, puis d'une tablette, lui avaient semblé une nécessité.

Quant à l'assurance-vie que son père avait mise au nom de Jasmine, cette dernière ne pourrait y toucher qu'à sa majorité.

C'est à l'époque de l'adolescence de Jasmine que le fossé s'était encore creusé entre la mère et la fille.
Celle-ci donnait entière satisfaction à ses professeurs. Cependant, comme bon nombres de cancres, elle cachait à sa mère les rencontres qui avaient lieu entre parents et enseignants. Elle prétextait toujours une indisponibilité maternelle ces jours-là. Les professeurs ne s'en formalisaient pas puisque Jasmine était une excellente élève.
C'est qu'elle avait honte de sa mère. La femme coquette s'était peu à peu muée en une commère, outrageusement maquillée et parfumée quand elle sortait et, surtout, au verbe très haut. Le vernis d'occidentalisation, acquis à l'époque où elle vivait avec un Européen, s'était craquelé et avait fini par disparaître au contact des autres femmes du quartier. Elle ne s'habillait plus que de *salouvas,* de grandes bandes de tissus bariolés nouées au-dessus de la poitrine, et d'un large foulard, selon la mode comorienne. En Île de France, elle retrouvait ses origines africaines et recherchait le contact avec celles qui parlaient en shimahorais ou swahili.

Dans un premier temps, Jasmine avait tenté de la raisonner en lui montant que ce refus d'intégration risquait de lui faire perdre la place d'employée de maison qu'elle avait trouvée. Sa mère l'avait traitée de raciste.
Raciste, elle, qui dans la rue était en butte aux injures, aux sarcasmes, parce qu'elle était trop claire de peau ! Elle avait même failli être victime d'une tournante. Heureusement, des copains de classe étaient venus à temps à son secours.

Ni blanche, ni noire, elle traînerait ce handicap toute sa vie.

Après le collège, grâce à des résultats scolaires excellents, la jeune fille avait été orientée vers un lycée parisien de renom et avait bénéficié d'une bourse d'études.

Jasmine se souvient de cette période faite de haut et de bas : le plaisir qu'elle avait à suivre les cours dans de bonnes conditions ; mais aussi la confrontation journalière avec des jeunes souvent issus de milieux aisés.

Ses vêtements n'étaient pas achetés dans des magasins de luxe et son portable n'était pas du dernier cri. Le week-end, pas de sorties en boîtes ou de parties de tennis dans les résidences secondaires de parents ou d'amis. Pendant les vacances de Noël, pas de séjour de ski ou au soleil des Antilles. Pas non plus de trekking en Inde ou la découverte du canyon du Colorado en juillet et août.

Elle, c'est à Paris qu'elle restait et, chaque jour, la capitale lui dévoilait de nouveaux charmes. C'était le Paris des musées mais surtout la ville des parcs et des jardins. Elle revit avec d'autres yeux le jardin zoologique qu'elle avait visité quelques années auparavant. Parmi les plantes et les animaux de toutes sortes, elle se sentait revivre. Généralement, elle emportait un livre et, quand elle avait longuement observé le moindre insecte ou la plus insignifiante des fleurs, elle s'asseyait à l'écart du bruit et de l'agitation des promeneurs.

Parfois, elle se prenait à rêver à ce qu'aurait pu être sa vie si son père n'était pas parti si tôt. Son grand-père, lui aussi était décédé quelques années auparavant et la grand-mère l'avait suivi de peu, terrassée par le chagrin. Elle ne les avait jamais revus depuis leur séjour en famille dans la Vallée de l'Ubaye et ils lui avaient beaucoup manqué. Les conversations téléphoniques qu'ils avaient échangées ne palliaient pas l'absence.

Vivre en solitaire était devenue sa seconde nature.
Certains camarades de classe, moins snobs que les autres, avaient tenté de se lier d'amitié avec elle. Mais elle s'y refusait. Elle ne se sentait pas à l'aise avec eux. Un fossé les séparait.
En réalité, ce fossé, il était dans sa tête. Elle était pauvre et métisse. Ni blanche, ni noire. Elle ne se sentait vraiment à l'aise ni avec les Européens ni avec les Africains.
Tout aurait été plus facile si son père avait encore été là !

Heureusement, il y avait Ambre.
Leur amitié avait survécu aux années qui avaient passé et à l'éloignement. Malgré leurs longues conversations au téléphone, elles s'écrivaient régulièrement par messagerie sur leur ordinateur. Les paroles s'envolent aussitôt entendues. Ce qui est écrit, et surtout enregistré, peut être relu indéfiniment quand la solitude pèse ou que l'on a besoin de sentir le réconfort d'une amitié.

C'est au cours de l'un de ces échanges épistolaires qu'elles eurent l'idée de se retrouver pour faire leurs études universitaires. Car Jasmine, grâce à ses excellents résultats au bac, avait obtenu une bourse lui permettant de continuer des études supérieures. Pendant plusieurs années, elle avait rêvé de suivre des cours qui concernaient l'environnement ou les animaux. Elle avait tant partagé avec son père dans ces domaines, quand elle était encore enfant, que c'est un peu lui qu'elle pensait retrouver dans cette voie.

Ambre, quant à elle, était attirée par la médecine. Les professeurs de Jasmine l'encourageaient à choisir cette orientation, elle aussi. Depuis quelques années, le déficit en médecins était tel que le pays devait faire appel aux praticiens étrangers. La jeune fille se laissa donc convaincre.

C'est ainsi que toutes deux s'inscrivirent à la Faculté de Médecine de Nancy pour la rentrée suivante. Comme Ambre résiderait à Metz chez ses parents, il leur serait facile de se retrouver aussi pendant les week-ends.

En attendant, le départ vers la Lorraine, Jasmine avait prévu de mettre à profit ses vacances pour exercer de petits jobs qui lui apporteraient un peu d'argent. Certains magasins ou restaurateurs embauchaient aisément des étudiants pour ces emplois précaires car une grande partie de leur personnel prenait ses congés pendant la période estivale.

Mais sa mère en avait décidé autrement.

Projets

Jasmine venait d'avoir dix-huit ans, l'âge de la majorité. Elle pouvait donc utiliser le pécule légué par son père.

Depuis quelque temps, sa mère se montrait très affectueuse avec elle, feignant enfin de s'intéresser à ses études, à ses goûts ou l'interrogeait sur ses projets d'avenir. Jasmine était aux anges. Avait-elle enfin une maman digne de ce nom ?

Elle dut déchanter quand, un jour, sa mère déclara :

« Maintenant que tu es riche, tu pourrais penser à faire plaisir à ta mère.

— Tu sais, Maman, les études sont longues et chères. Et la somme qui me revient n'est pas faramineuse. Papa n'avait payé que pendant quatre ans pour l'assurance-vie. Mais je veux bien te faire plaisir. Que veux-tu ? Un bijou ? Une nouvelle robe ? »

La réponse était tombée comme un couperet.

« Non. Je veux aller passer un mois à Mayotte ! Tu m'accompagneras comme ça tu pourras faire la connaissance de tes oncles, tes tantes, tes cousins et cousines.

— C'est impossible ! Je voulais travailler pendant toutes ces vacances pour pouvoir me consacrer entièrement à mes études à la rentrée. Sinon, je serai obligée de faire du baby-sitting ou autre chose pour m'en sortir. La bourse qui m'est allouée ne suffira pas pour payer tous les frais. De plus, entre le voyage et le séjour, ça représente une grosse somme, surtout pendant la période des vacances scolaires.

— J'aurais dû me douter que tu étais une ingrate. Moi qui me suis sacrifiée pour toi… »

Comme sous l'effet d'un soufflet, Jasmine fut tentée de réagir vertement en déversant toutes les rancœurs qu'elle avait accumulées pendant des années. Mais, subitement, elle eut pitié de sa mère. Pour elle, la *belle vie* dont elle avait rêve n'avait somme toute duré que quatre ans. Depuis leur arrivée à Paris, elle avait trimé dur pour assurer leur quotidien à toutes deux. De longs trajets en bus et métro, un travail épuisant tôt le matin et tard le soir, pour un salaire de misère. Et si elle avait un homme dans sa vie, elle avait su être discrète pour ne pas choquer sa fille.

Quitte à travailler pendant tout le mois de juillet et, à la rentrée en dehors de ses heures de cours, Jasmine décida donc d'entamer sérieusement son pécule pour faire plaisir à sa mère.

« C'est d'accord, Maman. Je m'occupe des billets. »

Plus qu'entamé, le pécule le fut car, outre le voyage, il fallut penser à refaire la garde-robe de sa mère et acheter les nombreux cadeaux qu'elle voulait offrir à toute la famille. C'est la tradition : celui ou celle qui *revient au pays* se doit de jouer à celui qui a réussi. De beaux vêtements et des cadeaux plein les mains.

Jasmine avait trouvé un job de serveuse dans une brasserie très fréquentée. Le soir, elle rentrait fourbue d'avoir trotté toute la journée de la terrasse au bar et de la cuisine aux tables. Mais elle était heureuse. Certains clients lui laissaient de généreux pourboires et elle avait pu améliorer sa pratique de l'anglais et de l'allemand grâce aux touristes étrangers. Cependant, ce qui était le plus important pour elle c'est que mère et fille, pendant ce mois, s'étaient senties plus proches.

Jamais les deux femmes ne s'étaient si bien entendues que pendant les préparatifs de ce voyage. On aurait dit deux copines du même âge qui plaisantaient et riaient en faisant du shopping le samedi ou en s'asseyant sur les valises pour pouvoir les fermer.

Jour J. La mère de Jasmine avait revêtu un ensemble veste et pantalons très chic mais qui la boudinait un peu. C'est en Parisienne qu'elle revenait dans son île. Dès son arrivée, elle remettrait un salouwa, le vêtement traditionnel féminin.

Le voyage

Tout voyage vers les terres lointaines commence à l'aéroport.

Était-ce la perspective d'un long voyage ou l'euphorie de rentrer dans son île natale ? La mère de Jasmine se montrait très excitée et parlait fort, grands gestes à l'appui. Elle houspillait en shimahorais des voyageurs qui n'avançaient pas assez vite à son gré dans la file d'attente devant les guichets d'enregistrement et s'impatientait face au fonctionnaire de la PAF qui étudiait longuement sa carte d'identité.

« Je suis française, moi. Monsieur ! Autant que vous ! »

Jasmine esquissa un timide sourire d'excuse. Elle était gênée par l'attitude quelque peu arrogante de sa mère. Le vernis de retenue que celle-ci s'était imposé depuis son arrivée en Métropole craquait déjà. Qu'en serait-il à Mayotte ?

La jeune fille s'était promis de faire preuve de patience avec sa mère pendant le voyage. Toutefois, ce n'était pas chose aisée. À maintes reprises, elle se sentit obligée de lui demander de ne pas gêner son voisin de gauche. En effet, elle prenait ses aises sur l'étroit siège, écartant les jambes pour être mieux installée et, quand elle commençait à s'assoupir, sa tête penchait inexorablement vers l'épaule du voyageur qui n'osait rien dire. Lasse de la surveiller constamment, la jeune fille proposa à sa mère de prendre appui sur elle.

Après seulement deux heures de trajet, cette position inconfortable lui provoqua des crampes et un malaise certain. D'autant plus que l'ambiance qui régnait dans l'avion n'avait rien de reposant. C'était les vacances scolaires. Beaucoup d'enfants de tous âges. Les bébés pleuraient. Les jeunes enfants criaient, riaient, s'interpellaient d'une rangée à l'autre. Un bambin cognait constamment l'arrière du siège de Jasmine. Certains voyageurs s'étaient déchaussés pour mieux supporter le gonflement qui affecte pieds et jambes. Bruit, odeurs, inconfort. Vivement l'arrivée !

Heureusement, du moins pendant les premières heures de vol, Jasmine réussit à distraire son esprit en observant par le hublot les paysages qui se succédaient quelque dix milles mètres plus bas.

Vue de là-haut, que la Terre est belle et que les hommes semblent insignifiants !

Le patchwork multicolore que forment les champs, les forêts, les montagnes et les lacs donnent une impression de sérénité que l'on est loin d'éprouver sur *le plancher des vaches*. Eaux et air pollués, déchets en tous genres qui s'accumulent partout, rien de tout cela ne transparaît. Seuls les routes et autoroutes et les tentacules gigantesques de zones urbanisées grignotant peu à peu les forêts et la campagne témoignent de la présence des hommes.

Même le charme de certaines villes, observées du ciel, est indéniable. Couleur des toits, présence de parcs et jardins, places que l'on imagine grouillantes de vie, et, surtout, aspect général qui permet d'imaginer le passé et les mutations successives. Les grandes agglomérations s'apparentent à d'immenses fourmilières dont les habitants seraient invisibles.

Quand le crépuscule s'étendit jusqu'à l'horizon, noyant dans une lueur bleutée tous les paysages, l'empreinte de l'Homme se fit plus visible. Les phares de centaines de voitures formaient des serpents lumineux qui reliaient les grandes toiles d'araignées illuminées que sont les agglomérations urbaines. Sur les côtes méditerranéennes, le spectacle se découvrait encore plus saisissant. Des millions de réverbères traçaient avec précision le défilement des caps, baies et rades. C'était un enchantement… à condition de ne pas penser à toute cette gabegie d'énergie.

Dans l'avion, la majorité des voyageurs avaient commencé à somnoler. Tout était calme et Jasmine retrouva une certaine sérénité. Après tout, les différends qu'elle avait avec sa mère qu'étaient-ils face aux vrais problèmes que rencontrent certains humains pour pouvoir survivre ? Quel était leur poids face aux véritables dangers qui guettent notre si belle planète à cause de la bêtise humaine et du consumérisme généralisé ?

La nuit était tombée. Plus de paysages terrestres à admirer. La mer, encore la mer toute sombre. Mais, sur la voûte céleste, des milliers d'étoiles clignotaient.

« Papa, es-tu quelque part là-haut ? Sur quelle étoile ? Où que tu sois, veille sur moi. Sur nous. »

Mayotte

Jasmine avait réussi à s'endormir, ou du moins à somnoler, pendant quelques heures. Les plafonniers qui se rallumaient, une certaine agitation qui se répandait dans la cabine, la tirèrent de ses rêveries diffuses.

L'atterrissage était pour bientôt. Les hôtesses de l'air et les stewards s'apprêtaient à distribuer les petits déjeuners malgré l'heure très matinale.

Sa mère commença à s'étirer bruyamment mais reprit très vite une attitude plus digne après que la jeune fille lui eut donné un coup de coude discret.

L'en-cas avalé, elle devint subitement impatiente d'arriver. Elle bouscula sa fille pour regarder à travers le hublot. Mais il n'y avait rien à voir sinon le moutonnement des vaguelettes sur l'Océan Indien. Déçue, elle se renfrogna et pianota sur la télécommande pour trouver un programme attrayant sur son écran personnel.

Jasmine, elle aussi, était émue. Ses souvenirs de Mayotte remontaient à sa tendre enfance et ils avaient tous trait à son père. Retrouverait-elle une île fidèle à l'image qu'elle en avait gardé ?

Quel accueil allait-on réserver à la métisse, à l'étrangère qu'elle était pour tous ses cousins et cousines ?

C'était l'hiver austral. Dès lors, la température était nettement moins élevée que lors de leur départ de Roissy, la canicule sévissant sur une grande partie de l'Hexagone. Cependant, à leur descente d'avion, elles furent toutes deux surprises par la moiteur de l'air, saturé d'humidité sur une île tropicale.

Les formalités policières et douanières terminées, la jeune fille se dirigea lentement vers la sortie de l'aérogare en se frayant difficilement un chemin parmi une foule aux costumes bigarrés qui gesticulait et criait. Sa mère sur les talons. Du moins le croyait-elle.

« Jasmine, ma fille, où vas-tu ? Viens ici ! » s'entendit-elle interpeller.

Elle se retourna et chercha sa mère des yeux. Pas facile. Celle-ci, au milieu d'un véritable attroupement, était déjà noyée sous un monceau de guirlandes de fleurs.

La jeune fille n'avait pas eu le temps de réagir que déjà, elle aussi, se vit gratifiée de colliers où fleurs de frangipanier, jasmin et hibiscus mélangeaient leurs senteurs suaves. Le parfum de son passé.

« Caribou Yasmina ! Bienvenue Jasmine ! »

Des embrassades à n'en plus finir de tous ces gens qu'elle ne connaissait pas.

Ouf ! Les voici enfin tous embarqués dans le pick up d'un oncle. Sa mère et elle, en tant qu'invitées, avaient eu l'honneur d'être coincées dans la cabine entre le conducteur et une matrone, le reste de la famille prenant place sur la benne.

Malgré l'inconfort, la chaleur et les odeurs corporelles, elle apprécia pleinement le trajet vers la gare d'embarquement. Depuis l'étroite langue de terre qui joint la Grande Terre au promontoire de Dzaoudzi, sur un angle de trois cents degrés, le paysage était magnifique. Au loin, une guirlande de pitons, aux pentes boisées, qui se découpaient sur un ciel sans nuage, s'étendait du sud à la pointe nord de la Grande Terre. Et le lagon, parsemé de petits îlots, lançait des éclats d'argent sur l'émeraude de sa surface. À l'abri de l'isthme, de petits bateaux de plaisance et, plus impressionnants, ceux de l'armée et de la Gendarmerie Nationale, amarrés aux quais, se balançaient mollement. Tout ici respirait le calme et la sérénité. Quel contraste avec la région parisienne qu'elles venaient de quitter !

La *barge* ! Elle se souvenait à présent que, pour passer de Petite Terre, où se trouve l'aéroport, à la Grande terre son père l'emmenait sur le pont supérieur de la navette, afin qu'elle puisse mieux admirer le lagon pendant la courte traversée. Sans se préoccuper de sa mère et de sa famille qui, machinalement, avaient opté pour le pont inférieur, elle décida de monter l'escalier métallique. La chose n'était pas aisée. Auparavant, il fallait se frayer un passage entre les valises, les brouettes chargées de fruits, les mobylettes et les colis de toutes natures déposés devant les voitures et camionnettes.

Les vieux ferries avaient été remplacés par des amphidromes mais le charme était toujours le même. L'eau du lagon variait entre l'émeraude et le turquoise, des bancs de sable et des blocs coralliens se dessinant à travers l'eau claire. Pendant les quelque trois kilomètres de la traversée, Jasmine eut même le bonheur d'apercevoir une tortue qui venait respirer à la surface de l'eau.

On approchait du port de Mamoudzou. L'eau avait pris une couleur sombre et des débris de toutes sortes flottaient à sa surface. Autour des nombreuses embarcations amarrées au ponton, des flaques de liquide irisé. Près de la jetée, des enfants nus sautaient des rochers et nageaient dans l'eau glauque. De près, le port perdait son aspect de carte postale.

Cependant, Jasmine trouva un charme *exotique* au débarquement des voyageurs et du fret. L'amphidrome déversa une foule pittoresque où se côtoyaient des gens d'origine africaine ou indienne et des Européens, expatriés pour la plupart. Beaucoup de femmes en costumes traditionnels très colorés ; mais aussi des élégantes en vêtements à l'occidentale agrémentés d'un foulard seyant rappelant les us et coutumes de l'île. Une brouette, bousculée dans la cohue, se renversa et déchargea dans la mer son contenu de bananes et de noix de coco sous les rires des passagers. Cette foule hétérogène et prête à s'amuser d'un rien était très différente des usagers du métro parisien.

Traversée de *la capitale*. Contraste surprenant entre une nature luxuriante avec des fleurs multicolores et la saleté environnante. Partout déchets de toutes sortes : emballages de chips et de pizzas, canettes de bières et de sodas, paquets de cigarettes vides, souvent même à côté des poubelles.

Jasmine était peinée de voir dans quel état elle retrouvait l'île. Il est vrai que, jusqu'à quatre ans, elle se désintéressait de toute considération environnementale même si son père tenait à ce qu'elle utilise les poubelles pour le moindre déchet.

Pendant tout le séjour, il en fut de même. Partagée entre l'émerveillement devant les beautés de la nature et ce qu'en avaient fait les hommes.

L'envers du décor

Bien décidée à profiter au maximum de ce voyage, elle ne se contenta pas de regarder des livres comme elle le faisait avec son père.

Elle plongea parmi les coraux et les poissons multicolores de toute beauté, nagea avec les tortues vertes et admira, de loin, les baleines à bosse qui croisaient au large. Son appareil photos toujours à portée de main, elle guettait les oiseaux au plumage chamarré et les jolies roussettes plus grosses que des pigeons. Sans relâche, elle photographia les baobabs et leurs grandes fleurs blanches, les fleurs orangées du tulipier du Gabon, les élégants et gigantesques bambous et tous ces arbres et fleurs d'une si grande diversité. Elle huma jusqu'à l'ivresse les effluves de la vanille, du giroflier et, surtout, de l'ylang ylang.

Toutefois, désillusion suprême, ce n'est qu'en se rendant aux abords d'un hôtel, dans le sud de l'île, qu'elle put revoir des lémuriens. Peu farouches car habitués à être nourris par les touristes, ils avaient à tour de rôle sauté sur son épaule, lui chatouillant la joue avec leurs vibrisses et le cou avec leur queue en panache. Moment d'intense bonheur. Son père devait sourire quelque part, là-haut dans les étoiles.

Que de souvenirs heureux elle allait emporter avec elle lorsqu'elle rentrerait en Lorraine !

Le revers de la médaille de cette île enchanteresse, c'est par la famille de sa mère qu'il lui fut dévoilé

Ses tantes étaient très expansives, avaient le verbe haut et, avec sa mère, ne parlaient qu'en shimahorais, leur langue natale. Qu'importe ? Elles étaient gentilles et pleines d'attentions pour leur nièce, s'évertuant à lui faire goûter toutes les spécialités culinaires de l'île. Quoiqu'elles fussent d'excellentes cuisinières, Jasmine préféra manger avec parcimonie. Elle ne voulait pas rentrer en France avec le gabarit de ses tantes !

Ses cousins, eux, l'énervaient un peu. À ses yeux, ce n'étaient que de jeunes coqs pensant la subjuguer en lui racontant leurs exploits lors des combats de mourengué ou de la course de pneus. Ils se contentaient de vouloir passer le Baccalauréat espérant que cela suffirait pour devenir fonctionnaires. Leur principale préoccupation était de draguer les filles.

Ils avaient essayé d'entraîner Jasmine au Mahaba en lui précisant : « Tu ne diras pas que tu es notre cousine ! »

Très peu pour elle. Elle n'avait pas envie de faire partie de leur supposé tableau de chasse.

Avec ses cousines, le contact était meilleur, moins superficiel. Surtout avec l'aînée qui voulait faire des études pour être infirmière ou sage-femme, les deux professions qui offrent le plus de débouchés à Mayotte.

C'est avec elles que Jasmine avait découvert cet envers de la médaille qui la chagrina tant.

« En ville, ne te promène pas en short. On risquerait de te prendre pour *une soussou.*

— Une soussou ? Qu'est-ce ?

— Une pute si tu préfères. Tu sais, ici il y a beaucoup d'étrangères qui, pour subvenir à leurs besoins, et éventuellement à ceux de leurs enfants ou parents restés au pays, monnayent leurs charmes.

Par ailleurs, évite d'accepter de bavarder avec des personnes que tu ne connais pas. Sous prétexte d'engager la conversation, les hommes auraient tôt fait de te faire certaines propositions. Et si tu refuses, la réaction peut être brutale. D'autant que tu es jolie et pas tout à fait d'ici. »

Son métissage lui revenait à la figure comme un boomerang.

En France, elle n'était pas tout à fait une Européenne. Ici, elle n'était pas entièrement une Africaine. *Le cul entre deux chaises.*

Elles avaient ajouté :

« Évite aussi de te promener seule à l'écart des rues très fréquentées ou dès la tombée de la nuit. Ne va surtout pas te balader dans la brousse ou nager à l'écart de plages où il y a beaucoup de monde.

— Pourquoi ? C'est pareil pour vous ?

— Bien sûr. Pourquoi ? Parce l'insécurité est totale depuis quelques années. Et ça va de plus en plus mal. Des immigrants clandestins arrivent chaque jour des Comores. Des habitants de là-bas mais aussi des Africains qui arrivent par avion à la Grande Comore et prennent ensuite des *kwasas kwasas* pour franchir les soixante-dix kilomètres de la traversée. Ils pensent trouver ici l'Eldorado malgré les risques courus en mer sur de petites barques. Souvent livrés à eux-mêmes, les plus jeunes se font embrigader dans des gangs qui sèment la terreur, volant, rackettant les gens et, pire, s'attaquant aux plus faibles et aussi aux *Blancs,* leur principale cible. Toi, tu serais une cible privilégiée. Les viols sont nombreux. »

Cette fois, elle n'était plus seulement considérée comme une métisse. Passée à un autre stade, celui de femme blanche.

Quand donc serait-elle jugée autrement qu'en fonction de la couleur de sa peau ?

Bien que née sur le sol mahorais et de mère mahoraise, elle ne retrouvait plus ses racines dans cette île. Quoiqu'elle appréciât la flore et la faune ainsi que les paysages de Mayotte, elle avait hâte de rentrer dans l'Hexagone. Les humains gâchaient son séjour. Elle profita d'un désistement de dernière minute pour trouver une place d'avion et rentrer en Métropole avant sa mère.

Celle-ci passait son temps en palabres et en visites dans tous les villages où elle retrouvait des membres de sa famille, des amies d'enfance. Elle en faisait des envieuses, elle la Parisienne ! Elle se gardait bien de dire que, sur certains points, les conditions de vie dans la banlieue parisienne n'étaient pas meilleures, voire pires, et que, malgré les vêtements élégants qu'elle portait, elle trimait dur à longueur de journées et avait bien du mal à finir les fins de mois.

Pour elle, le retour à la réalité serait dur. Cependant, Jasmine savait que sa mère ne pourrait pas faire marche arrière en restant dans l'île. C'eût été avouer qu'elle avait échoué dans ses rêves de promotion sociale.

Nancy

Quand Ambre revient de sa promenade dans Metz, Jasmine a retrouvé le moral grâce à l'évocation de ces souvenirs. Son coup de blues est passé.

Le hasard fait parfois bien les choses. Dans un magasin, son amie a rencontré des connaissances de ses parents dont le fils poursuit des études à Nancy. Il y vit en colocation avec d'autres étudiants. Comme l'une des jeunes filles a déclaré forfait pour la rentrée prochaine, sa place est donc disponible. Que rêver de mieux, d'autant que le logement est grand et situé non loin de la fac ? Sans la consulter, Ambre a parlé de Jasmine et rendez-vous a été pris pour elle.

De ce fait, dès le lendemain, nouvel aller-retour pour Nancy. Dans de meilleures dispositions cependant et avec la confiance en l'avenir.

Effectivement, la maison est agréable et la fenêtre de la chambre qu'on lui destine donne sur un petit parc. Le quartier, très calme, est aux antipodes de la banlieue parisienne où elle a grandi. Ici, elle pourra vivre heureuse, loin des récriminations de sa mère et de sa présence envahissante.

À prime abord, les colocataires sont sympas. Les deux garçons, Gilles et Christian, et la jeune fille, Marjory, semblent vivre en bonne entente et l'accueillent avec gentillesse. Son métissage ne semble pas leur poser de problèmes. D'ailleurs, les garçons ne sont pas peu fiers d'avoir des aïeux italiens et polonais arrivés en Lorraine près de cinquante ans auparavant. Pour eux, une métisse est forcément elle aussi une immigrée.

Pour fêter son installation et la mettre à l'aise, ils ont prévu de l'emmener découvrir Nancy dont elle n'a, jusqu'à présent, vu que la gare et des studios à visiter.

Comme pour lui souhaiter la bienvenue, la ville de Stanislas, se montre sous ses meilleurs jours. Un soleil généreux caresse les roses du parc de la Pépinière et les ors des grilles de Jean Lamour renvoient des éclats de lumière irisée dans les fontaines de la grande place. Le calcaire ocré souligne la majesté des immeubles renaissance qui la ceinturent. Dans les ruelles adjacentes, les terrasses des bars et des restaurants accueillent un public hétéroclite : des touristes et beaucoup de jeunes gens, certainement des étudiants comme eux. Une ancienne chanson de Joe Dassin lui revient soudain en mémoire. « *On s'est connus au café des trois colombes, Au rendez-vous des amours sans abri....* » Elle avait de suite aimé cette ballade peu connue. Pourquoi ? À l'époque, elle ne se doutait pas qu'un jour elle vivrait ici.

Une colocation pas toujours facile

Les cours de la PACES ont commencé. Première année de cours magistraux et communs à tous les étudiants se destinant à une profession dans la santé. L'orientation vers une spécialité ne se fera qu'en décembre après un premier concours.

Les amphis sont bondés ; mais se dégarnissent peu à peu au fur et à mesure que les semaines passent. Certains ont compris qu'ils ne sont pas faits pour ces études ou préfèrent suivre les vidéos dispensées sur ordinateurs.

Malgré sa joie de retrouver quotidiennement Ambre, Jasmine ne se sent pas à l'aise, elle non plus. Elle s'est fourvoyée. Les branches médicales qui concernent l'humain ne l'intéressent pas vraiment. C'est une école de formation pour vétérinaires qu'elle aurait dû choisir !

Elle en a fait part à l'un de ses professeurs qui lui a conseillé de contacter la Véto Agri Sup de Lyon pour pouvoir y entrer lors de la session suivante. Être admise lors des épreuves de décembre, qui marquent la fin de tronc commun en médecine, facilitera son admission. Dès lors, elle s'accroche et veut, coûte que coûte, obtenir de très bons résultats dans une branche qui ne l'intéresse pas vraiment.

Mais travailler dans de bonnes conditions avec ses colocataires n'est pas toujours aisé. Elle en vient à regretter une chambre, même minable, pour elle seule.

Les garçons, sans doute habitués à ce que leur mère leur serve de bonne à tout faire, comptent un peu trop sur les filles pour faire le ménage dans les parties communes et s'activer dans la cuisine. Si, au moins, ils rangeaient leurs affaires et rinçaient douche et lavabo après leur passage ! Quant à Marjory, elle ne se gêne guère pour aller fouiller dans le placard de Jasmine pour emprunter des vêtements, sous prétexte que toutes deux sont de la même taille et qu'elle n'a pas eu le temps de laver les siens.

Alors que Jasmine souhaiterait travailler dans le calme, constamment les échos bruyants d'une musique syncopée traversent allègrement les cloisons et des relents de cannabis filtrent sous la porte. En vain, à maintes reprises, elle a tenté de leur faire comprendre qu'elle ne peut pas se permettre le moindre échec sous peine de perdre la bourse d'études qui lui a été allouée. Le voyage à Mayotte a bien entamé le petit pécule laissé par son père et elle veut garder *une poire pour la soif.* Elle sait que les études de vétérinaires sont longues et onéreuses.

Jusque-là, elle s'est armée de patience et a serré les dents pour ne pas répondre quand Gilles l'a traitée d'intello et d'emmerdeuse. Mais, aujourd'hui, lorsque Christian a eu l'impudence de lui déclarer :
« Tu n'es qu'une bêcheuse, une bécasse, une allumeuse ! », elle explose de colère.
— T'es vexé parce que je n'ai pas voulu que tu m'baises. C'est bien ça ? Une métisse t'a envoyé chier, et ça tu ne peux pas l'accepter ! »

Ses nerfs craquent. Elle est à bout d'autant plus qu'elle n'a pas beaucoup dormi pendant la nuit. La veille, elle est rentrée très tard d'un baby-sitting qui lui permettra d'arrondir ses fins de mois.

Elle s'engouffre dans sa chambre et se jette sur son lit en pleurant à gros sanglots.

Marjory entre discrètement et, en lui caressant les cheveux pour la calmer, lui dit doucement :

« Jasmine, le problème, ce n'est pas les autres. C'est en toi qu'il est. Tu n'acceptes pas d'être métisse. Et c'est pour ça que tu veux être une bête à concours et n'admets pas que les autres aient envie de s'amuser.

Tu ne connais pas ta chance. Regarde-toi donc dans une glace. Tu es la plus jolie fille que je connaisse. De plus, tu es intelligente et tu es riche de deux cultures ! »

Les sanglots se calment peu à peu puis finissent par cesser. Après quelques minutes, Jasmine répond tristement à la jeune fille :

« Tu as raison, Marjory. Tu es gentille de m'avoir mis *les points sur les i.* Si tu connaissais ma mère et avais connu mon père, tu comprendrais. En fait, je suis devenue un vrai *Bounty.*

— Un *Bounty* ? Je ne comprends pas.

— Oui, blanche à l'intérieur et chocolat, au lait c'est vrai, au dehors. Je raisonne, je vis comme toi. Et cela, grâce à mon père. Pourtant, à cause de la couleur de ma peau, que je dois à ma mère, on s'attend à ce que je sois autre. Ma mère, qui vit à Paris, elle, agit encore comme si elle vivait au fond de sa brousse. Elle n'a pas évolué mentalement même si elle sait se servir d'une tablette. Je n'ai plus rien de commun avec elle.

— Et ton père, quand vous viviez à Mayotte, s'était-il imprégné de la culture des autochtones ?

— Non, pas vraiment.

— Le vrai problème est là. Ce n'est pas la couleur de la peau qui distingue les gens. C'est leur culture. Et il faut beaucoup d'amour pour que des personnes, que tout sépare apparemment, puissent vivre en harmonie. Je suis persuadée que, si ta mère t'avait manifesté davantage d'affection, la partie africaine qui est en toi, ne s'insurgerait pas autant.

— Je crois que tu as raison, Marjory. Tu devrais faire des études de psycho. Tu as tout compris. Je me le cachais à moi-même et je viens d'en prendre conscience en te parlant de mes parents. C'était bien pratique. Rejeter sur les autres la haine qu'on a en soi, permet de se voiler la face. En réalité, je crois que je n'ai pas accepté que, si le destin voulait que l'un de mes parents meure, c'est mon père qui est décédé et non ma mère. Merci de m'avoir parlé comme tu l'as fait. »

La musique syncopée s'est tue. Sans doute Marjory a-t-elle dû secouer les garçons sans leur faire de cadeau. Toujours est-il que, lorsque Jasmine les rejoint dans le salon, ils l'accueillent avec un sourire.

« Allez, Jasmine, fais pas la gueule. On te charrie parfois, mais tu sais qu'on t'aime bien malgré ton sale caractère, lui dit gentiment Gilles.

— Et moi, ajoute Christian, si je t'ai draguée avec mes gros sabots, c'est parce que t'es quand même une sacrée nana, un vrai canon. Je voulais tenter ma chance. C'est tout. N'en parlons plus.

— D'accord, Gilles. Je sais que je ne suis pas facile à vivre. L'incident est clos. Et toi, Christian, ne m'en veux pas. Je n'ai rien contre toi. Les mecs, ça ne m'intéresse pas. Il n'y a que mes études qui comptent. Alors, soyez gentils, foutez-moi la paix et laissez-moi travailler pour que je réussisse mon exam. Je ne peux pas me permettre d'échouer.»

Le mois de janvier tire à sa fin. Bientôt les résultats du concours seront proclamés. Jasmine n'a postulé pour aucune des spécialisations enseignées à Nancy. Elle a demandé à être réorientée vers une école de vétérinaires, la Veto Agri Sup de Lyon.

Dans un premier temps, Ambre lui a fait la tête. Elles se sont à peine retrouvées que son amie veut partir à des centaines de kilomètres ! Pourtant, il lui a fallu reconnaître que c'était très égoïste de sa part. Depuis l'enfance, Jasmine aimait la nature et les animaux. Elle ne pourra trouver son équilibre et son épanouissement que dans cette voie. Avec le TGV, elles pourront se revoir autant qu'elles le voudront.

Les résultats sont tombés. Non seulement Jasmine fait partie des quelque 30 % d'étudiants de première année qui ont réussi l'épreuve ; mais, de plus, elle se situe à une place plus qu'honorable. Bien que ses professeurs eussent déploré qu'elle veuille quitter la Faculté, elle maintient son choix. Elle fera la prochaine rentrée universitaire à Marcy l'Étoile, dans l'agglomération lyonnaise.

L'école de vétérinaires

Jasmine ne se reconnaît plus. C'est comme si, en entrant dans cette école, elle s'était débarrassée de toute la hargne qu'elle avait accumulée en elle depuis la mort de son père. Maintenant, elle est prête à s'assumer pleinement. Du moins le pense-t-elle.

Est-ce, parce que, d'emblée, elle s'est sentie dans son élément ? Tout la passionne. Mais, ce qu'elle aime par dessus tout, c'est le contact qu'elle peut avoir avec des animaux pendant des stages et, au cours des années qui vont suivre, dans le cadre de la formation pratique.
Seule ombre au tableau : elle n'aime pas voir la souffrance animale. Mais, précisément, n'a-t-elle pas choisi ce métier pour la diminuer ?

Des esprits chagrins lui ayant fait remarquer que, chez les humains aussi, et en particulier chez les enfants, il y a beaucoup de souffrances, elle a rétorqué :
«D'accord. Je n'y suis pas insensible. Cependant, les animaux, eux, souffrent souvent à cause de la bêtise ou de la méchanceté des Hommes. Et ça, je ne peux pas l'admettre. »

Aux yeux de certains étudiants, plus aguerris qu'elle, l'empathie qu'elle manifeste envers un chien, un chat ou une vache en souffrance, frise la sensiblerie. Or, elle n'en a cure. Elle pense que les animaux, tout comme les hommes, acceptent mieux la souffrance s'ils se sentent aimés.

Heureusement, parmi tous les aspirants vétérinaires qu'elle côtoie, beaucoup lui ressemblent et voient dans ce métier autre chose que des honoraires confortables.

C'est le cas de Pierre avec lequel, très vite, elle s'est sentie *sur la même longueur d'ondes.*
C'est au cours d'un stage dans la clinique de l'école qu'ils se sont rencontrés pour la première fois. Il avait une méthode bien à lui, faite à la fois de douceur et de fermeté, pour amadouer les molosses les plus agressifs ou pour rassurer les animaux les plus craintifs. Elle en était restée médusée. On sentait que ce n'étaient pas des bêtes qu'il soignait, mais des êtres qui souffraient et auxquels il voulait redonner la joie de vivre.
Cet aspect de sa personnalité a fait qu'elle l'a trouvé sympathique dès le premier jour.

Il est en fin d'études et, à ce titre, est déjà chargé d'opérations parfois délicates. Elle admire la justesse de ses diagnostics et, surtout, sa maîtrise pendant les interventions. Il est devenu le modèle professionnel auquel elle veut ressembler.
Lui, rassure Jasmine quand celle-ci hésite de peur d'être maladroite, l'encourage à prendre des initiatives et, avec patience, lui explique par le menu mille et mille choses qu'un bon vétérinaire doit connaître pour être efficace.

Cependant, après le service, le jeune homme sérieux se mue en un étudiant facétieux, toujours prêt à raconter des anecdotes amusantes sur les travers des maîtres ou les pitreries de certains animaux.
Avec Pierre, Jasmine a réappris à rire. Elle se sent bien, apaisée, en sa compagnie.

Mais elle n'en est pas amoureuse. Il est comme un grand frère qu'elle n'a jamais eu et qu'elle aurait aimé avoir.

Car elle n'a d'yeux que pour un autre homme.
Quand il entre dans l'amphi, son pouls s'accélère. Ses mains deviennent moites. Elle boit sur ses lèvres la moindre de ses paroles. Elle perçoit le moindre battement de ses cils allant, parfois, jusqu'à oublier de prendre des notes.
Au début, elle avait été subjuguée par le contenu de ses exposés qui traitaient de la sauvegarde des animaux en voie d'extinction. Mais, à présent, c'est l'homme qui la fascine.

Elle ne se reconnaît pas. Elle qui, jusque-là, était restée insensible et même froide face aux hommes, fussent-ils des apollons, se sent irrésistiblement attirée par ce professeur. Il est si érudit et sait faire partager ses enthousiasmes ou ses révoltes avec tant de conviction, qu'elle l'admire avec passion. Pourtant, apparemment, nulle alchimie physique dans cet attrait. Son physique est des plus banals et il vit sans doute en couple et pourrait être son père.

Il n'est pas aveugle et, très rapidement, a remarqué cette jolie étudiante qui lui voue un véritable culte. Dès lors, pendant les TP, il ne manque jamais de venir lui donner une explication complémentaire ou un conseil, en feignant d'encourager l'étudiante sérieuse qu'elle est. Tout en pensant sans doute à d'autres travaux pratiques qu'il aimerait lui faire faire…
Physiquement, c'est vraiment *un canon* et, intellectuellement, elle a tous les atouts pour réussir haut la main. Si elle a les mêmes dispositions dans l'intimité, ce doit être le *must* ! Il est tout disposé à la tester sur ce plan-là aussi.

Le prof

Naïvement, Jasmine attribue à la conscience professionnelle du maître l'intérêt qu'il lui porte et n'en tire aucune vanité.

Certaines étudiantes, peu ou prou amoureuses de cet enseignant, sentant en elle une rivale, la battent froid. Le vieux complexe refaisant surface, la jeune fille considère cela comme une marque de racisme. Quant aux jeunes gens qui, jusqu'à présent, avaient tenté de lui faire une cour discrète, ils pensent qu'ils n'ont aucune chance face au prof. Chasse gardée. Alors, en sa présence, ils redeviennent plus naturels, oubliant de châtier leur langage et faisant parfois des plaisanteries douteuses. Jasmine n'en est pas choquée et rit de bon cœur avec eux.
Quand elle a envie de compagnie, c'est donc tout naturellement qu'elle rejoint ses camarades garçons à la cafétéria ou sur le campus.

Mais aujourd'hui, elle éprouve le besoin de se retrouver au calme, à l'ombre d'un arbre du parc. Il fait bon et la nature invite à la sérénité. La lecture d'un roman lui permettra de décompresser un peu car les cours théoriques ont exigé un travail soutenu. Heureusement, ils se terminent bientôt. Place aux stages pratiques dans diverses cliniques vétérinaires.

Elle n'a pas remarqué que quelqu'un s'est discrètement approché d'elle.
C'est le prof.

Il s'installe à côté d'elle et celle-ci, ravie, délaisse sans regret sa lecture. Elle veut profiter de cet aparté pour lui poser mille et une questions qui lui tiennent à cœur. Pourquoi et quand a-t-il choisi cette voie ? S'occupe-t-il d'animaux en dehors du centre ? Comment faire pour protéger les animaux de la barbarie des hommes ? Préfère-t-il les animaux domestiques ou sauvages ? Et bien d'autres choses encore.

Apparemment, il lui répond de bonne grâce en satisfaisant la curiosité de la jeune fille. Cependant, en son for intérieur, il doit pester. La conversation ne prend pas du tout le tour qu'il avait escompté.

Heureusement, l'après-midi tire à sa fin. Il en profite pour lui demander :
« Je commence à avoir faim. Que dirais-tu, Jasmine, d'aller continuer à bavarder devant une belle assiette ? À Lyon, je connais un petit restaurant qui te changera des repas habituels à la cafète.
— Pourquoi pas ? Ce sera avec plaisir. »

Effectivement, le petit bistrot est très discret. Quelques tables seulement. Il en choisit une à l'abri des regards. Il ne tient sans doute pas à être vu en galante compagnie.

Les plats sont simples mais succulents, à la hauteur de la gastronomie lyonnaise. En connaisseur, son prof a choisi un vin excellent et profite de la conversation pour remplir discrètement le verre de Jasmine. En effet, il trouve que cette étudiante est vraiment *très longue à la détente*. Quand il lui a proposé de

l'appeler par son prénom, Michel, très spontanément, elle lui a répondu :
« Non, monsieur. Je ne pourrais pas. »

Pourtant, à la fin du repas et après un verre de champagne, elle s'est sentie comme sur un petit nuage. La soirée a été délicieuse et son prof charmant. Il s'est montré attendri quand elle lui a brièvement raconté son histoire. Avec conviction, il lui a fait entrevoir un avenir meilleur. Jasmine a passé une excellente journée et le moral est au beau fixe.

Michel a compris que, pour obtenir ce qu'il désire, avec ce genre de fille il ne faut pas brusquer les choses au risque de se faire rabrouer illico. Le jeu en vaut la chandelle. C'est pourquoi, afin de ne pas effaroucher Jasmine, dans l'immédiat il endosse la panoplie du parfait gentleman. Il prendra le temps qu'il faudra mais il l'aura ! Elle a éveillé en lui l'instinct du chasseur qui prend autant de plaisir à traquer sa proie qu'à la tuer.

« Jasmine connais-tu Lyon ?
— Non, pas du tout. Jusqu'à présent, je n'ai pas encore eu le loisir de faire du tourisme. Chaque chose en ce temps. Dans l'immédiat, ma priorité ce sont les examens pour obtenir mon diplôme le plus rapidement possible.
— Tu réussiras, j'en suis certain. Tu es intelligente et sérieuse dans tes études. Tu feras un très bon vétérinaire.
— Merci, monsieur.
— Michel !
— Euh… Oui, merci Michel pour ces encouragements. »

Celui-ci se dit que la partie n'est vraiment pas gagnée. Il va falloir y aller tout en douceur. Étape numéro un : la mettre en confiance.

« Est-ce que ça te plairait que je te fasse visiter la ville pendant le week-end ? Il y a de très belles choses à voir. Ce serait dommage que tu ne mettes pas à profit ton séjour ici pour la connaître.

— Oh oui. Ça me ferait plaisir.

Dans ce cas, je viendrai te chercher vers 14 heures. Mais, sois discrète. Je ne voudrais pas que les autres étudiants pensent que j'ai fait du favoritisme quand tu as eu de bonnes notes. À 14 heures, au coin de la rue, ça te va ?

— J'y serai. »

Il la raccompagne jusqu'au campus universitaire et la quitte sur une poignée de mains amicale. Jasmine croit rêver. Elle envisage la vie sous un jour nouveau. C'est la première fois depuis la mort de son père qu'elle se sent pleinement heureuse.

Un ami

« Jasmine, voudrais-tu mettre en pratique ce que tu as appris et, en même temps, te rendre utile au cours du week-end prochain ? » vient de lui demander Pierre venu prendre place à sa table à la cafétéria.

Souvent, il vient la rejoindre ainsi à l'heure des repas et leurs conversations, très professionnelles au début, sont devenues très amicales par la suite.

« Je suis désolée, Pierre, samedi je ne pourrai pas. Mais dimanche, oui. Avec plaisir.

— Ne me dis pas que tu vas encore travailler sur les cours ! Tu devrais lever le pied de temps à autre. Tu n'as plus rien à prouver. »

Elle a une entière confiance en son ami et, même si Michel lui a demandé d'être discrète sur leur rendez-vous, sans hésiter elle lui en fait part.

Aussitôt, le visage du jeune homme se rembrunit. Il ne répond pas et semble en proie à un dilemme.

Un ange passe.

Il semble ne s'intéresser qu'aux miettes de pain tombées sur la table et qu'il racle avec son couteau pour en faire de petits tas. Comportement bien inhabituel chez lui.

« Qu'y a-t-il Pierre ? Qu'est-ce qui ne va pas ?

— Es-tu amoureuse de cet homme ?

— Je ne sais pas. Je l'admire beaucoup, c'est vrai. Et je suis heureuse de ses attentions. Mais, comme je n'ai jamais été amoureuse d'un garçon, j'ignore si c'est de l'amour. »

Il marque un temps d'arrêt. Jasmine a l'impression que ce qu'il va dire a du mal à franchir ses lèvres.

« Serais-tu lesbienne ? Si c'est le cas, tu peux me le dire. De nos jours, il n'y a plus de honte à l'avouer. C'est même devenu à la mode… »

Jasmine est partie d'un éclat de rire qui fait lever les yeux de tous les étudiants attablés. Elle, d'habitude si discrète, les surprend par cette hilarité soudaine. Cependant, comme son ami semble très sérieux, ils se désintéressent aussitôt d'eux.

« T'es dingue ou quoi ? Ce n'est pas parce que je considère les garçons comme de bons camarades et pas des flirts éventuels que je ne suis pas une fille comme les autres… Pourquoi m'as-tu demandé si j'étais amoureuse de ce prof ? »

Elle n'a pas dit « Michel ». Pourquoi ? Une intuition peut-être.

« Je t'aime bien, Jasmine, et je ne voudrais pas que tu coures au-devant de désillusions. Cet homme est marié et, par le passé, il a déjà eu des aventures sans lendemain avec de nombreuses étudiantes.

— Rassure-toi, Pierre. Il m'a proposé de me faire découvrir Lyon que je ne connais pas du tout. Tu vois, rien là de très compromettant. Si tu veux, je te raconterai notre périple dimanche. À propos, que voulais-tu me proposer ?

— Depuis quelque temps, les chats errants pullulent dans certains quartiers. Des riverains n'ont pas manqué de se plaindre de cette prolifération et demandent à la municipalité de les euthanasier. Ils seront bien sûr les premiers à se plaindre si rats et souris réapparaissent en nombre. Des bénévoles ont créé une association pour venir en aide à tous ces matous. Ils ont demandé l'aide de l'école vétérinaire pour stériliser les animaux.

Je me suis porté volontaire et, ainsi, depuis quelque temps, je consacre tous mes week-ends à pratiquer ces opérations.

— Moi je croyais que tu les passais avec une petite amie car je ne te croisais jamais sur le campus ces jours-là !

— J'étais effectivement avec mes amies les bêtes…

Alors, je peux compter sur toi ?

— Bien sûr.

— Rendez-vous sur le parking à 8 Heures.

— O.K. »

Voilà un week-end qui va changer de l'ordinaire. Jasmine a hâte d'arriver au samedi.

Lyon

Une véritable journée estivale avant l'heure.
De légers nuages semblent batifoler dans l'azur d'un bleu céruléen. Jasmine se plaît à y voir une kyrielle de mignons animaux en transformation constante : le nounours au ventre rebondi devient peu à peu un lapin aux longues oreilles et un chat assis sur son derrière prend l'aspect d'un hippopotame. Elle a toujours eu beaucoup d'imagination et, pour l'heure, cela l'aide à tromper son impatience car Michel est en retard. Aurait-il changé d'avis et annulé la promenade sans la prévenir ?

Sa voiture s'arrête enfin et, d'un geste de la main, l'invite à monter. Elle se souvient que son père ouvrait toujours la portière pour sa mère. Les us et coutume ont changé… à moins que le prof considère que ces marques de galanterie sont devenues démodées.

« Une promenade dans la ville historique te tente ?
— Oh oui ! J'aime les vieilles pierres. Les maisons anciennes ont une âme et donnent un charme que n'ont pas les quartiers à l'architecture moderne. C'est peut-être pour cette raison que j'aime tant Nancy et surtout Metz. »

Et, en effet, Jasmine est émerveillée par toutes ces façades médiévales ou renaissance qui témoignent d'un riche passé historique. Elle voudrait admirer la moindre des courettes – *les miraboules*, précise Michel – qui se nichent derrière des portes cochères. Tourelles, galeries, escaliers, puits, architecture variée qui témoigne des goûts mais aussi de la richesse des propriétaires qui ont fait bâtir ces habitations il y a de cela plusieurs siècles déjà.

Mais Michel semble s'ennuyer à ce spectacle.
« Si on allait plutôt se promener sur les berges de la Saône ? C'est très romantique.

— Peut-être. Mais je préférerais continuer à visiter la ville si ça ne vous dérange pas.

— Et moi je préférerais que tu me tutoies, ma chère Jasmine.

— Je suis désolée. Mais je ne pourrais pas –et, comme pour atténuer ce qu'elle vient de dire, elle ajoute :– Pas encore.

— Dans ce cas, direction *les traboules*.

— Qu'est-ce ?

— Des passages couverts, très anciens, qui relient les maisons entre elles mais aussi le vieux quartier à la colline de la Croix Rousse. Tu verras, c'est très pittoresque. »

Très pittoresques, les traboules le sont en effet et, surtout, bien pratiques pour des manœuvres d'approche. Le passage est étroit, très étroit même. Si bien qu'ils doivent marcher tout près l'un de l'autre pour ne pas se heurter aux murs plus que centenaires. Jasmine apprécie ces endroits hors du temps mais… Michel en profite pour passer son bras autour de ses épaules.

Elle ne saurait pas dire pourquoi mais ce geste, au lieu de lui plaire, crée en elle un certain malaise. Elle se dégage brusquement.

« Excusez-moi, Michel. J'ai tendance à être claustrophobe. Déjà que ces traboules ne sont pas vraiment faits pour me mettre à l'aise, alors si votre bras m'enserre, ça va être la catastrophe. Ne m'en veuillez pas.

— Je connais un remède à ça. Nous allons prendre *la Ficelle,* le funiculaire qui monte à Notre Dame de Fourvière. De là-haut on a une vue panoramique sur tout Lyon et la région. »

Effectivement, le paysage est splendide. Vue de haut, la ville a quelque chose de magique. Rien ne transparaît des soucis des hommes et de la misère qui y règne aussi.

Pour avoir l'air de prendre son rôle de guide au sérieux, le prof fait admirer à son élève la statue gigantesque de la Vierge qui domine la basilique. Elle doit lancer des éclats d'or à des kilomètres à la ronde.
« Tu vois, la Fête des Lumières qui attire chaque année des milliers de touristes à Lyon trouve son origine dans cette statue.
— Pourquoi ?
— Là, tu m'en demandes trop. Et puis, la cathédrale, tu ne la trouves pas belle ? Toutes ces statues devraient te plaire.
— Ouais… En réalité, je la trouve à la fois trop et pas assez moderne.
— Je ne comprends pas.
— Trop moderne en ce sens que les architectes ont voulu copier les édifices médiévaux tout en la construisant avec des éléments architecturaux modernes. Pas assez car il lui manque la sobriété des lignes épurées plus récentes Il est vrai que c'était peut-être les critères de l'esthétisme au XIX ème siècle. »
Il semble déçu qu'elle n'adhère pas systématiquement à ses points de vue.
« Attends de voir l'intérieur ! »
Pour ne pas le vexer, elle ne lui dit pas que toutes ces fioritures, ces couleurs, ces dorures ne l'impressionnent absolument pas. Elle préfère nettement les gargouilles et les

sculptures naïves qui se cachent sur les murs de la cathédrale de Metz.

Ce besoin de simplicité, l'attrait qu'elle éprouve pour un bestiaire aux lignes épurées, ne sont-ils pas dus au sang africain qui coule dans ses veines ?
C'est ce à quoi elle pense sans le dire. Pendant quelques heures, elle avait oublié qu'elle était une métisse.

Elle revient subitement à la réalité quand Michel lui demande :
« Et maintenant, qu'est-ce qu'on fait ?
— J'aurais bien aimé visiter le parc zoologique. Mais il est trop tard pour le faire.
— Si tu veux, je t'y emmènerai samedi prochain. Par la même occasion nous fêterons mon départ de l'école pour cette année. Vous allez aborder les stages pratiques et je n'assumerai donc plus de cours. Mais, en attendant, si on allait prendre un verre quelque part en terrasse ? Je connais des endroits charmants.
— Ce sera pour une autre fois. Je vous remercie. Il faut que je rentre car je suis fatiguée et aimerais me coucher tôt. »
Il a du mal à cacher son dépit quand il lâche :
« Comme tu veux. »

Dans la voiture, sans doute pour créer une ambiance favorable, il insère une clé USB et, aussitôt, les premières notes de *You can leave your hat on* emplissent l'habitacle. Il faut plus que ça pour émoustiller Jasmine !

Quand il arrête la voiture à proximité du campus, il tente de l'embrasser. Mais elle dévie adroitement le visage et il ne rencontre que sa joue.

« Au revoir. À samedi. Même heure ?

— Non 19 heures. J'avais oublié que je ne peux pas me libérer avant. Nous irons au restau.

— D'accord. Merci pour la balade. »

Il n'a pas le temps de réagir qu'elle est déjà descendue de la voiture.

Il démarre sur les chapeaux de roues. Dépité. Sans doute se jure-t-il de l'*avoir* lors de leur prochaine rencontre.

Quand à Jasmine, elle ignore pourquoi elle a accepté ce nouveau rendez-vous. Elle ne sait plus très bien où elle en est. Cet homme l'attire, c'est indéniable.

Mais jusqu'où est-elle prête à aller avec lui ?

Une expérience positive

Ce matin, au réveil la jeune fille se sent fébrile. Aujourd'hui, elle va devoir seconder Pierre pendant les opérations de castration sur les chats errants. Saura-t-elle se montrer à la hauteur ? Son ami ne surestime-t-il pas ses capacités de futur vétérinaire ? Elle ne voudrait pas le décevoir.

À peine est-elle installée dans la petite voiture du jeune homme, après la bise d'usage entre copains, que celui-ci demande :

« Alors, comment s'est passé ton rendez-vous d'hier ? Bien ?

— Qu'entends-tu par *bien* ?

— En es-tu heureuse ?

—Heureuse n'est peut-être pas le mot qui convient. Contente, oui. Cette balade m'a donné envie de mieux connaître Lyon car la ville renferme des endroits pleins de charme.

— Et lui ? Oui, lui le prof, comment s'est-il comporté avec toi ?

— Charmant aussi. Mais j'ai pu constater qu'il est moins doué pour faire le guide touristique que devant les étudiants d'un amphi.

— Explique.

— Il confond basilique et cathédrale, style gothique et renaissance et n'a qu'une connaissance très superficielle de l'Histoire de la région. En fait, je crois que je l'emmerdais sérieusement avec toutes les questions que je lui ai posées à ce sujet.

— Je crois que c'était surtout parce qu'il ne pensait qu'à une chose : te séduire. Il n'a pas essayé ?

— Bien sûr que si !

— Et alors ? »

Jasmine a l'intuition que son ami attend la réponse avec impatience. Cependant, elle ne répond pas tout de suite. Ce n'est pas pour aiguiser sa curiosité, non. En réalité, elle ne comprend pas elle-même ses réactions.

« Son bras autour de mes épaules, niet ! Promenade en amoureux sur les berges de la Saône, niet ! Et qu'il m'embrasse avant que nous nous séparions, niet ! Et, pourtant, je t'avouerai que je suis attirée par cet homme. Je ne dois pas être normale.

— Tu vas le revoir ?

— Oui. Samedi soir, il m'emmènera au restaurant pour fêter la fin du cursus théorique pour cette année. »

Ils sont arrivés et n'ont guère le loisir de continuer leur conversation. Dans la courette d'un pavillon, des personnes de tous âges s'affairent autour de petites cages de transport d'où s'échappent des cris de détresse. Une vingtaine de chats, dits de gouttière pour la plupart, y sont retenus prisonniers. Certains s'acharnent sur les portes pour tenter de les ouvrir, d'autres miaulent plaintivement pour montrer leur désespoir. Que leur veut-on ? Pourquoi les a-t-on privés de la liberté d'aller et venir comme ils en ont l'habitude ? Les bénévoles de l'association tentent de les calmer d'une voix douce ; mais rien n'y fait.

Une pièce de la petite maison a été transformée en clinique provisoire. Les choses sérieuses vont pouvoir commencer.
Tous deux ont enfilé leur blouse aseptisée et Pierre tend à Jasmine gants et masque adéquats.

« Je compte vraiment sur toi, Jasmine, pour me seconder efficacement. Oublie que tu n'es encore qu'une étudiante de première année. Là tu es mon bras droit à part entière. »

Maintenir un chat doucement mais fermement pour qu'il ne bouge pas pendant que Pierre lui administre le produit anesthésiant, la jeune fille le fait sans stress. L'animal sent-il que ces humains ne sont pas là pour le faire souffrir ou les caresses que lui prodigue Jasmine le calment-ils ? Toujours est-il que même les plus récalcitrants ne tentent pas de les agresser.
Le jeune vétérinaire a le geste sûr lorsqu'il castre un mâle ou opère une femelle. En assistante parfaite, Jasmine tend les instruments chirurgicaux à Pierre, éponge le sang, coupe les fils de couture et, avec d'infinies précautions, va redéposer l'animal dans sa caisse de transport.

Quand, après plusieurs heures, le besoin d'une pause se fait sentir, ils peuvent constater que les mâles, bien qu'un peu groggy encore, sont déjà remis de leur opération et prêts à recouvrer leur liberté. Les femelles resteront en observation jusqu'au lendemain.

La jeune fille est heureuse. À présent elle est convaincue qu'elle a eu raison de choisir cette voie : soigner les animaux plutôt que les humains. D'autant plus que son ami, alors qu'ils avalent rapidement un sandwich avec un café, vient de lui dire :
« Tu es vraiment faite pour ça, Jasmine. J'ai rarement vu une étudiante de première année qui sait, d'emblée, comment manipuler un animal et le calmer. Je suis persuadé que ce soir tu seras capable de castrer un matou toi aussi. Tu as non seulement le geste sûr mais aussi l'intelligence du cœur. »

Et, en effet, à la fin de la journée, guidée par son ami, elle réussit sa première opération. Son premier patient, un beau chat blanc à l'allure hiératique.

Les deux amis vétérinaires sont heureux. Ils ont rempli leur mission. Les bénévoles le sont aussi car, dorénavant, ils pourront continuer à s'occuper de la gent féline sans encourir les foudres de riverains mécontents. Mais il y a encore fort à faire car de nombreux chatons sont nés récemment.
À présent Jasmine sait à quoi elle occupera tous ses week-ends.

Sauf samedi car elle a rendez-vous avec Michel…

Un goujat

Michel est exact au rendez-vous.

Ce soir pas de jeans mais une tenue élégante bien que décontractée qui le fait paraître plus jeune. Heureusement, sachant qu'ils iraient au restaurant, Jasmine a quitté ses éternels pantalons pour une robe qui met sa féminité en valeur. Elle a même rajouté une touche de parfum aux senteurs d'ylang ylang.

« Je veux que cette soirée reste inoubliable, Jasmine. Pour toi comme pour moi. Je ne t'aurai plus en cours mais tu auras été la plus douée et surtout la plus jolie de mes étudiantes. Ensemble, nous allons fêter cela dignement. J'ai retenu une table pour deux dans un *bouchon* réputé pour sa gastronomie très traditionnelle. »

Jasmine se sent un peu intimidée après avoir franchi le seuil de l'établissement où des couples sont attablés autour de petites tables couvertes de nappes à damiers rouges et noirs. En sourdine, une musique douce qui confère à l'endroit une ambiance intime.

Galamment, Michel lui avance une chaise en souriant d'un air charmeur. Aurait-il décidé de sortir *le grand jeu* ?

La patronne, *la mère,* s'avance et salue Jasmine puis Michel avec une certaine familiarité. Il est sans doute un habitué de l'établissement. La jeune fille croit avoir intercepté un clin d'œil de connivence entre eux. Mais elle a peut-être mal vu…

« Mademoiselle, puis-je vous proposer le menu composé exclusivement de spécialités ? Inutile de préciser qu'elles sont préparées avec les produits des terroirs environnants.

— Volontiers. Pouvez-vous m'en dire plus car je ne suis pas d'ici ?

— Je note donc : tablier de sapeur pané, quenelles, salade lyonnaise et cervelle de canut.

— Pour moi aussi. Ça nous conviendra très bien, Madame. Vous nous apporterez aussi deux kirs royaux avec quelques tranches de *jésus* et de *rosette*. Comme vin, vous nous mettrez un Côtes du Rhône qui se marie parfaitement avec ce menu.

— Très bien. Bon appétit et bonne soirée. »

Jasmine ignore ce que tous ces noms de plats désignent. Cependant, comme elle aime être surprise, elle se contente de sourire en dégustant l'apéritif pendant que Michel joue à l'admirateur inconditionnel. Il n'a jamais rencontré une femme aussi jolie, aussi intelligente, aussi douée pour le métier de vétérinaire et bla bla bla. Ça fait toujours plaisir à entendre même si elle n'en croit pas un traître mot.

Effectivement, les plats sont délicieux, de l'entrée au fromage. Elle est contrainte de refuser une part de tarte aux pralines roses, son estomac implorant grâce. Le vin, lui aussi, est d'un excellent cru. Toutefois, bien que Michel l'invite régulièrement à vider son verre pour le remplir à nouveau, elle se contente d'y tremper les lèvres.

La soirée a été véritablement délicieuse et Michel un compagnon charmant. L'air est doux, le ciel étoilé, comme dans les romans d'amour. Elle ne le repousse pas lorsqu'il pose son bras sur ses épaules pour se rendre jusqu'à la voiture.

Soudain, Michel ralentit et arrête la voiture dans un quartier périphérique qu'elle ne connaît pas.
« Terminus, ma belle ! On descend ici, déclare Michel en lui souriant.
— Mais, nous ne sommes pas arrivés !
— Si. Chez moi. J'ai un petit pied-à-terre à deux pas. Notre soirée a si bien commencé. Nous ne pouvons pas en rester là. Tu ne crois pas ? »

Le gentleman charmant apparaît sous son vrai jour. Brutalement, le prof tombe du piédestal où elle l'avait juché. Pas question de sentiments. Il veut être payé en retour pour le temps qu'il a passé avec elle et l'argent dépensé. Il n'est qu'un homme comme les autres qui profite de sa situation pour draguer aisément les jeunes femmes. Elle réalise à présent pourquoi certaines étudiantes la battaient froid. Et ce n'était pas par racisme. Sans doute, se croyaient-elles évincées. Pierre avait donc raison !

Non, elle n'ajoutera pas une métisse au tableau de chasse de ce don Juan !

Vivement, elle se précipite hors de la voiture.
« Jasmine, que fais-tu ?
— Je rentre me coucher. Seule.
— Mais, tu es folle ? Marcy l'Étoile est loin d'ici. Viens. Puisque tu es fatiguée, je t'y emmène.
— Non. Je préfère prendre un taxi.

— Vas-y ! Ça m'apprendra à perdre mon temps et mon argent avec une oie blanche ! »

La boîte à vitesse fait les frais de sa rage et la voiture redémarre dans un crissement de pneus laissant Jasmine, seule et désemparée, sur le trottoir.
Heureusement, un taxi en maraude ne tarde pas à apparaître. La jeune fille fait de grands gestes pour le héler de peur que le conducteur la prenne pour… ce qu'elle n'est pas.

La fureur, qu'elle ressent contre elle-même, l'empêche de fondre en larmes dans la voiture qui la ramène à l'école. Était-elle à ce point naïve pour avoir cru que l'intérêt que lui avait manifesté le prof était désintéressé ? N'avait-elle pas joué avec le feu en lui vouant une telle adoration et en acceptant ses rendez-vous ?

Quand le véhicule s'arrête devant le campus universitaire, elle réalise qu'elle n'a pas pensé au montant de la course lorsque, impulsivement, elle a décidé de rentrer en taxi. Elle sort fébrilement son portefeuilles de son sac afin de payer la note…
Il ne contient que quelques euros. Elle s'affole en cherchant dans les différentes poches de sa besace dans le cas où quelques pièces y seraient enfouies. Plus elle cherche et plus elle s'énerve. Pas le moindre cent. Le taximan, lui aussi, perd patience.
« Mademoiselle, quand on n'a pas d'argent, on ne prend pas le taxi. On marche à pied. »
C'en est trop ! Il y a un an, elle lui aurait répondu vertement mais, ce soir, elle éclate en sanglots.

« Que se passe-t-il ? »
Un jeune homme vient d'apostropher le conducteur et, quand celui-ci a fini d'expliquer la raison de l'altercation, il lui remet la somme exigée.

C'est Pierre qui est arrivé fort à propos.
« Viens, Jasmine. On va trouver un banc dans le parc avant que tu ne rentres. Je ne peux pas te laisser seule dans cet état. Il fait encore bon dehors et l'air te fera du bien. »

Une fois assis, il prend son amie dans les bras et elle se laisse aller, toujours en sanglotant, contre son épaule.
« Pleure un bon coup. Ça te fera du bien. Et, après, tu me raconteras ce qui s'est passé ce soir pour que tu te sois mise dans cet état. »

Quand, calmée, elle peut enfin raconter la soirée qu'elle a passée avec le prof, elle s'anime lorsqu'elle en arrive à la proposition non dissimulée de fin de soirée.
« Tu te rends compte. Il voulait que je couche avec lui !
— Sois lucide. Ne l'avais-tu pas encouragée par ton comportement envers lui ? Ne t'attirait-il pas ? Tu me l'as dit toi-même. Il l'avait senti et a voulu en profiter. C'est tout. Il ne faut pas oublier que c'est un homme avant d'être un prof et que tu es majeure.
— Mais je ne l'aime pas !
— Excuse-moi de te le dire, Jasmine ; mais je n'arrive pas à te comprendre. Je croyais qu'il était le seul homme ayant réussi à t'émouvoir.
— Je le pensais aussi. Mais, Pierre, ce soir je réussis seulement à me comprendre moi-même. Ce prof, ce n'est pas l'homme que

j'aimais mais ce qu'il représentait pour moi. Quand je l'écoutais religieusement, quand je buvais ses paroles, ce n'est pas lui que j'entendais. Quand je lui souriais, ce n'est pas à lui que je souriais. Et, quand je me confiais à lui, ce n'était pas à lui que je faisais part de mes rêves pour l'avenir.

— Mais qui était-ce alors ?

— C'est mon père que je retrouvais à travers lui. »

Et, en souriant, elle ajoute :

« Je sais, j'ai dépassé l'âge du complexe d'Œdipe. Il devait être en embuscade au fond de mon cerveau et je n'en avais pas pris conscience. Tout comme je me rends compte que, à cause de lui, j'ai été injuste envers ma mère. Peut-être que si je l'avais comprise et non rejetée comme je l'ai fait, elle aurait pu évoluer pour mieux intégrer la société occidentale.

Maintenant, l'abcès est crevé. Je vais pouvoir avoir une vie normale, celle de toutes les femmes. Et même des métisses, ajoute-t-elle avec un sourire.

— Puisque te voilà plus sereine, tu vas pouvoir aller dormir. Je te raccompagne.

Bonne nuit, Jasmine. »

Il l'embrasse tendrement sur la joue avant de la quitter à la porte de sa chambre.

Une fois seule, Jasmine doit s'avouer que le contact des lèvres de Pierre lui a provoqué un picotement agréable au niveau du cœur. Doux émoi qu'elle n'avait jamais ressenti jusque-là. Aucune des bises qu'ils avaient échangées entre copains ne lui Avait fait cet effet-là

Ambre

La journée a été riche en émotions. Ce trop plein l'empêche de dormir. Il faut qu'elle joigne Ambre pour lui parler. Tout de suite malgré l'heure tardive.

Cela fait plus de quinze jours qu'elles ne se sont pas téléphoné car Ambre est *très prise*. Les cours, bien sûr, mais surtout un nouveau petit ami avec lequel elle passe beaucoup de temps.

La sonnerie s'éternise puis l'appel finit par basculer sur répondeur.
Et, pourtant, elle a besoin de parler à quelqu'un…
Sa mère ? Elle ne peut pas la déranger si tard et, d'ailleurs, elle ne comprendrait pas. Jasmine ne lui a jamais fait de confidences et ses états d'âme paraîtraient bien trop compliqués à sa génitrice. Elle imagine ce qu'elle lui aurait certainement dit et ce n'est pas ce qu'elle aurait voulu entendre.
« T'es bête, ma fille. T'es jeune, t'es belle. Profite de la vie. Tu ne sais pas ce qu'elle te réservera dans l'avenir. Tu dédaignes un homme qui te sort au restaurant et pourrait t'aider pour ton travail. Et pourquoi ? Parce que tu rêves comme une midinette de rencontrer l'amour avec un A. »

Après tout, ce n'est peut-être pas ce que lui aurait dit sa mère. En fait, elle se trouve seule face à elle-même. Plus seule que jamais.

La sonnerie du portable la tire heureusement de ces considérations moroses. C'est Ambre.

« Eh ben dis donc ! Qu'est-ce qui se passe pour que tu m'appelles à cette heure-là ? Je n'ai pas entendu le téléphone car j'étais très occupée. Oui, aujourd'hui j'ai rencontré un mec super. Alors, je ne te fais pas de dessin.»
Et, après quelques secondes, elle demande :
« T'as sauté le pas avec le prof et tu voulais m'en parler ? C'était bien ? »
Et Jasmine lui raconte avec force détails la soirée qu'elle a passée avec Michel.
« Quel goujat ! s'entend-elle répondre. On ne me l'a jamais faite celle-là. Remarque, d'habitude quand un mec n'est pas à la hauteur et que je m'ennuie avec lui, ou que j'ai trouvé mieux, c'est moi qui le balance. Mais avec plus de diplomatie quand même.
T'en fais pas. Un de perdu, dix de retrouvés. Mais il faut quand même que je te dise, parce que tu es mon amie, que si tu continues à avoir des principes d'un autre temps, tu vas finir en célibataire aigrie et frustrée. Le sexe, il faut en profiter tant qu'on est jeune ! Tant que t'as pas couché avec un gars, tu ne sais pas vraiment ce qu'il vaut. Penses-y ! »

Jasmine est déçue. En souhaitant trouver un peu de réconfort auprès de son amie, elle n'a fait qu'augmenter son mal-être. Est-elle différente des filles de son âge ? Et pourquoi ?
Elle prend prétexte de la fatigue pour clore une conversation qui ne l'intéresse plus. Volontairement, elle n'a pas parlé à Ambre du réconfort qu'elle a trouvé dans les bras de Pierre.

Depuis quelque temps déjà, elle a senti que les liens tissés avec son amie se dénouent peu à peu. Elles ne sont plus *sur la même longueur d'ondes.*

Ambre néglige de plus en plus ses études pour *profiter de sa jeunesse tant qu'elle le peut encore.* Ses parents subviennent à ses besoins. Si elle échoue aux examens, pas grave ! Ça retardera d'autant le moment où elle sera au chômage ou obligée d'accepter un emploi mal payé et peu gratifiant. Elle passe donc plus de temps dans les bars et les discothèques que sur ses cours. Les amants défilent dans son lit et elle *s'éclate*, comme elle dit. Mais est-elle heureuse pour autant ?

Comment deux amies peuvent-elles être à ce point différentes ? Le caractère certainement ; mais aussi les circonstances. Si elle, Jasmine, n'était pas obligée de travailler dur pour réussir au plus vite, si elle n'était pas une métisse, aurait-elle le même comportement qu'Ambre ?

Pierre

Les stages pratiques ont commencé. Le prof Michel a quitté l'école pour des interventions ailleurs. Jasmine a donc recouvré une certaine sérénité. Avec des hauts et des bas. Mais dont l'origine n'est pas dans ses états d'âme personnels.

Pendant plusieurs mois, elle a été affectée dans des cliniques vétérinaires de la région et chez des professionnels indépendants. Parfois, elle se sentait très intégrée dans l'équipe et utile. Par contre, pour certains elle n'était encore que l'étudiante à laquelle on ne confiait que des besognes pour lesquelles une secrétaire, voire une employée de maison, aurait suffi. Dans ce cas, dans un premier temps, elle a tenté de regimber ; mais on lui a très vite fait comprendre que sa note de stage en pâtirait si elle ne se conformait pas aux exigences directoriales.
Parfois, une pointe de xénophobie perçait dans les propos de certains futurs confrères, principalement des femmes. Avec le physique qu'elle avait, pourquoi n'avoir pas plutôt choisi la carrière de mannequin ? Les Africaines et les métisses sont très demandées… Elle a fait celle qui n'a rien entendu.

Ces stages lui ont beaucoup appris sur les animaux mais aussi sur le genre humain. Tel vétérinaire se dévoue corps et âme à ses patients, ne lésinant pas sur le temps passé avec eux et évitant toute souffrance inutile. Tel autre est incapable de la moindre empathie et ne considère les animaux à soigner qu'en fonction du chèque qui lui sera remis.

La diversité des établissements lui a permis en outre d'avoir des contacts et de soigner des animaux aussi différents que des chiens et chats ou des furets, des serpents et iguanes, voire des oiseaux. Mais sa préférence a été pour le stage dans le parc zoologique de Lyon. Elle y est tombée sous le charme d'animaux en voie de disparition. Et bien sûr des lémuriens qui lui rappellent son enfance…

Quand ils se revoient, Pierre et elle, à la veille des vacances, leurs sujets de discussion portent toujours sur le même sujet : les animaux, les animaux et encore les animaux. Cette passion commune les unit plus que ne le ferait une relation amoureuse. D'ailleurs, aucune allusion n'a été faite par l'un ou l'autre à la soirée au cours de laquelle Jasmine s'est consolée, blottie contre l'épaule de son ami.

Pendant le congé estival, la jeune fille a décidé de rendre visite à sa mère. Pour quelle durée ? Elle l'ignore encore. Quant au jeune homme, après un court séjour chez ses parents, il ira remplacer un vétérinaire du zoo parti en congé.

Il a tenu à conduire Jasmine jusqu'à la gare de la Part Dieu et à l'accompagner jusque sur le quai. Quand le TGV pour Paris entre en gare, ils se font la bise comme chaque fois qu'ils se séparent.

Cependant, au moment de monter dans le train, Jasmine se retourne.
Pierre est toujours là qui lui sourit. Mue par un élan subit, bousculant les autres voyageurs, elle se précipite vers lui et l'embrasse rapidement sur les lèvres.

C'est au moment de le quitter, qu'elle a réalisé combien il lui était cher.

Le chef de quai vient de siffler l'annonce du départ du train. Elle n'a que le temps de s'y engouffrer après avoir crié :
« Tu vas me manquer ! »
Et lui, sur un dernier signe d'adieu, articule :
« Toi aussi. »
Les yeux collés sur la vitre, ces mots lus sur les lèvres de son ami la remplissent d'un bonheur qu'elle n'a jamais éprouvé jusqu'à ce jour.

Visite à sa mère

Elle n'a pas prévenu sa mère de son arrivée.
Sa réaction spontanée à la vue de Jasmine sera un test. Les rares échanges téléphoniques qu'elles ont eus étaient rapides et assez conventionnels. Comme si mère et fille n'avaient pas grand-chose à se dire. Les retrouvailles vont-elles être plus chaleureuses ?

La jeune fille a un peu le trac en sonnant à la porte de l'appartement. Sa mère devrait être là à cette heure.

C'est un homme qui lui ouvre la porte. Un peu décontenancée, elle balbutie :
« Madame Martin n'habite-t-elle plus ici ?
— Si. Que lui voulez-vous ?
— Je suis sa fille.
— Ah bon ? Tu es Jasmine ? Elle ne m'a pas prévenue que tu allais venir. Entre ! »
D'emblée, il l'a tutoyée comme étant de la famille. Sa mère lui a donc parlé d'elle… Cette pensée met du baume au cœur de Jasmine.
— Elle l'ignore. Je voulais lui faire une surprise. »

Tandis qu'il la fait entrer dans le salon entièrement décoré à l'africaine avec tissus bariolés, masques et bibelots en bois sculpté, il ajoute :

« Pour moi aussi, c'en est une belle de surprise ! Elle m'avait parlé de toi mais je croyais que tu étais comme elle, c'est-à-dire noire. C'est bien toi qui veux devenir docteur des animaux ?
— Oui, je suis à l'école pour devenir vétérinaire.
— Assieds-toi. Elle va bientôt revenir. Elle est partie faire quelques courses. Ben pour une surprise, c'est une surprise ! »

Jasmine sent que l'ami de sa mère est tout intimidé face à elle et ne sait quoi dire. Elle voudrait le mettre à l'aise car il a l'air gentil. Avec lui, sa mère a sans doute retrouvé ses racines et se sent plus en harmonie qu'avec le père de sa fille.
« J'ignorais que Maman ne vivait pas seule. Elle ne m'en a rien dit. Y a-t-il longtemps ?
— Nous nous sommes rencontrés l'an passé quand elle revenait d'un voyage dans sa famille. Oui, je travaille à Roissy-Charles de Gaulle. Elle était encombrée par tous ses bagages. Je l'ai aidée. On a sympathisé et on s'est revus. Voilà notre histoire.
— Si je n'étais pas rentrée de voyage avant elle, vous ne vous seriez donc pas rencontrés. C'est drôle le destin. Et vous êtes heureux ensemble ? »

En le disant, Jasmine a conscience de l'incongruité de sa question. En fait, elle a besoin de savoir, plus pour elle-même que pour sa mère.
« Ta mère est une femme charmante et nous nous entendons très bien.
— J'en suis vraiment heureuse pour vous deux. »

La porte de l'appartement vient de s'ouvrir. Chargée d'un cabas tressé débordant de légumes, la mère de Jasmine apparaît sur le seuil. Elle reste un moment interdite en apercevant la jeune fille.

« Mais que fais-tu là, Jasmine ? Je te croyais à Lyon !

— C'est les vacances, Maman. Je suis remontée à Paris pour te voir. »

Pendant que sa mère l'embrasse rapidement, la jeune fille a l'impression que sa mère ne se sent pas tout à fait à l'aise. D'autant plus que celle-ci vient d'ajouter :

« Je vois que tu as déjà fait la connaissance de Faly.

— Oui. Et je suis heureuse que tu aies enfin décidé de vivre ta vie de femme.

— Tu ne m'en veux pas ?

— Au contraire ! Tu es encore jeune. Et Faly me plaît bien. » ajoute-t-elle avec un sourire.

Jasmine sent que sa mère relâche la tension sous-jacente due à la crainte d'être incomprise et peut-être mal jugée. En effet, en souriant elle dépose les courses sur la table de la cuisine en disant à son ami :

« Mon chéri, au travail maintenant ! Et tu as intérêt à te surpasser pour mitonner un plat dont tu as le secret pour fêter l'arrivée de ma fille.

S'adressant à Jasmine, elle précise :

C'est un vrai chef ! C'est toujours lui qui cuisine pour les grandes occasions et aujourd'hui, c'en est une ! Nous, on va mettre un peu d'ordre dans ton ancienne chambre qui nous sert de débarras. Tu pourras l'occuper pendant ton séjour ici. »

Cette fois, mère et fille se sont vraiment retrouvées. Peut-être est-ce parce que le sentiment de la filiation a fait place à la connivence entre deux femmes.

En effet, alors qu'ils dégustent un excellent poulet au coco, la mère demande à brûle-pourpoint :

« Et toi, as-tu un petit ami ?

— Un ami, oui. Mais… je crois que je l'aime plus qu'un simple copain. »

Elle vient de formuler ce qu'elle ne s'avouait pas à elle-même. Cette évidence la rend impatiente de retrouver Pierre au plus vite.

Sa décision est prise. Elle ne restera que quelques jours dans la région parisienne. Sa présence ne peut que déranger l'intimité du couple et… elle a hâte de revoir son ami.

À la dérobée, elle observe sa mère. Elle lui semble comme rajeunie. Épanouie, spontanée, enfin heureuse. Enfin en harmonie avec un homme qu'elle aime, qui la comprend.

Elle, Jasmine, a-t-il fallu qu'elle aussi apprenne ce qu'est l'amour pour enfin être capable d'aimer sa mère et l'accepter telle qu'elle est, différente d'elle-même ? Une chose pourtant la chagrine encore. Elle lui en veut d'avoir abusé son père, de lui avoir fait croire qu'elle en était amoureuse…

Après son retour à Lyon, elle ne sera plus la même, elle en est certaine. Elle continuera à se révolter, certes, mais pour des raisons moins égocentriques. Qu'elle soit métisse, elle l'assumera parfaitement. N'est-ce pas une richesse supplémentaire que d'avoir hérité des gènes africains de sa mère et européens de son père ? Et de savoir qu'ils l'ont aimée chacun à leur façon ?

Elle va laisser à Paris la jeune fille qu'elle était pour devenir une femme.

Le dilemme

À la descente du train, elle se dirige d'un pas allègre vers la station de bus lorsqu'elle s'entend interpeller :

« Jasmine ! »

Cette voix, elle la reconnaîtrait entre cent. C'est celle de Pierre.

Il est là, qui lui sourit et lui ouvre les bras…

Elle ignorait qu'un baiser puisse être à la fois si tendre et si passionné.

En desserrant son étreinte, il déclare :

« Viens. J'ai laissé ma voiture au parking. »

Il se saisit de son bagage et ils sortent de la gare, la main dans la main, heureux.

« Comment savais-tu que j'arrivais ?

— As-tu oublié le SMS que tu m'as envoyé ? Il disait : Tout s'est très bien passé avec Maman. Elle n'a plus besoin de moi. Je rentre mardi prochain. Je t'embrasse.

Tu vois, je le sais encore par cœur. Je tenais à venir te chercher à la gare.

— Comment savais-tu que j'avais pris ce train-là ?

— Je l'ignorais. J'ai fait le pied de grue près des portes d'arrivée depuis midi. L'attente était d'autant plus longue que j'étais impatient de te revoir. »

Ce soir-là, sur l'oreiller, des cheveux blonds et des boucles noires s'enchevêtrent, tandis que deux corps, l'un à la peau pâle et l'autre couleur caramel, ne font plus qu'un dans une tendre harmonie…

Le yin et le yang réunis.

Et, là-haut, quelque part dans les étoiles, le père de Jasmine doit sourire. Sa fille est enfin heureuse. Elle a trouvé sa voie et rencontré l'amour.

Tous deux ont quitté leur chambre d'étudiants après avoir déniché un petit studio en ville. Lorsque Jasmine a eu prévenu sa mère et Faly de ce changement dans son existence, ceux-ci s'en sont montrés ravis. Seule ombre à sa joie : elle aurait aimé que son père participe lui aussi, en chair et en os, à son bonheur.

Le couple ne se retrouve que le soir car Pierre a commencé la dernière étape de son cursus universitaire qui consiste à faire des remplacements dans des cabinets vétérinaires. Jasmine, elle, alterne cours théoriques et stages. Ils s'aident, s'encouragent mutuellement et… s'aiment.

Quand leurs études leur laissent un peu de répit, ils continuent, ensemble, leurs interventions sur les animaux dans le cadre de l'association de bénévoles. Leur entente n'est pas seulement d'ordre physique ou sentimental, elle résulte aussi d'une véritable communion des esprits.

L'année scolaire tire à sa fin. Pierre vient de passer brillamment tous ses examens. Jasmine est inquiète. Vont-ils devoir être séparés pendant plusieurs années ?

Effectivement, aujourd'hui quand il la rejoint, le sourire malicieux et tendre, que d'habitude il affiche en rentrant, a fait place à un visage grave.

« Jasmine, je dois prendre une décision importante qui engage mon avenir. Toi seule peux m'aider à choisir ce que je dois faire.

— Moi ? Comment ça ?

— J'ai deux propositions concernant ma carrière. La première, c'est de partir à Madagascar dans un refuge pour animaux orphelins ou blessés. Le vétérinaire qui est sur place commence à prendre de l'âge et ils cherchent un remplaçant.

— Et la deuxième proposition ?

— C'est d'entrer dans un cabinet dans l'agglomération lyonnaise.

— Tu n'as pas encore fait ton choix ?

— Tout dépendra de ce que tu vas me répondre.

— Je ne voudrais pas t'influencer. Suis ce que ton cœur te dicte.

— Justement, c'est de cœur qu'il s'agit.

— Je ne comprends pas.

— Je t'aime, Jasmine. Éperdument. Et cela depuis la première fois que je t'ai vue. Même si tu ne t'en rendais pas compte. Alors, de partir au loin, de te quitter m'est insupportable.

— Mais te contenter de soigner les toutous et les minets de familles qui les aiment, ce n'est pas ta tasse de thé…

— C'est vrai, je l'avoue.

— Tu m'as dit que c'était le cœur qui devait parler… Et ta décision va dépendre de moi. Alors, voici ma réponse : Pierre, moi aussi, je t'aime comme jamais je ne pensais pouvoir aimer. Et, justement parce que je t'aime vraiment, je te demande d'accepter la proposition qui t'enverra loin de moi. Suis tes aspirations. En te rendant utile à Madagascar, tu t'épanouiras et seras heureux. Si tu restes ici, tu auras des regrets et je ne veux pas en être la cause.

De nos jours, l'éloignement n'est plus un vrai problème. On peut aisément communiquer à distance par courriels et même se voir grâce à skype. Bien sûr, tes bras, tes lèvres, ton corps, vont me manquer terriblement mais je te sentirai près de moi tout autant. Tu auras l'opportunité de rentrer en France de temps à autre et moi je pourrai venir te rejoindre pendant les vacances.

Notre amour est si fort, j'en suis certaine, qu'il ne pourra sortir que renforcé par cette épreuve.

Et si ce n'était pas le cas, nous n'aurons rien à regretter puisque, tôt ou tard, nous nous éloignerions l'un de l'autre.

— Es-tu certaine que demain tu ne te reprocheras pas de m'avoir dit cela ?

— Je suis peut-être parfois trop impulsive. Mais je t'aime et c'est cette certitude qui m'a dicté ma réponse.

— Alors, nous allons faire provision de beaucoup de moments de passion et de tendresse avant mon départ. Carpe diem. Profitons pleinement du moment présent. On ne sait jamais ce que le destin nous réserve. »

La séparation

Étrangers à la foule qui se presse autour d'eux, ils sont là, enlacés comme deux naufragés, cherchant à graver dans leur mémoire le moindre détail de l'être aimé. La moindre ridule ou fossette, le plus insignifiant des grains de beauté, la nuance changeante de l'iris et le tracé délicat des lèvres. Ils s'imprègnent du parfum de leurs peaux et s'enivrent de la douceur désespérée de leurs « Je t'aime ».
Sourd aux appels de l'hôtesse qui annonce la fin imminente de l'embarquement par haut-parleur, chacun veut imprimer dans sa mémoire ce qui fait que l'autre est unique.

Quand, à regrets, Pierre se dégage de l'étreinte de Jasmine, leurs yeux brillent d'un éclat qui présage l'arrivée de larmes qu'ils ont su contenir jusque-là.

Avant de franchir le portillon qui le cachera définitivement à la vue de sa compagne, il se retourne une dernière fois et leurs discrets signes d'adieu sont la dernière image qu'ils garderont de l'autre. Pour combien de temps ? Ils l'ignorent encore.

Jasmine a repris les cours avec d'autant plus d'assiduité qu'elle veut réussir ses examens et, surtout, pouvoir être capable de coopérer efficacement avec Pierre quand elle le rejoindra à Madagascar.

Leur petit studio lui semble bien vide sans sa présence. Pour lutter contre la solitude, elle a adopté un chaton, un de ces petits vagabonds des rues qu'elle continue à aller soigner pendant les week-ends. Ses ronrons affectueux, quand il a besoin lui aussi de tendresse, mettent un peu de baume au cœur de la jeune femme sans atténuer le manque dû à l'absence de son compagnon. Elle l'a nommé Mada et, chaque fois qu'elle l'appelle, ses pensées vont à Pierre dans l'Île Rouge.

À plusieurs reprises, sur le campus, elle a croisé Michel qui, heureusement, ne fait plus partie de ses professeurs. Elle l'a salué poliment comme elle l'aurait fait avec un autre enseignant. Lui, tout sourire, a voulu engager la conversation en pensant certainement qu'à présent il avait toutes ses chances. Une jeune femme qui se trouve esseulée après avoir goûté aux plaisirs amoureux est sans doute plus réceptive pour des aventures qu'une jeune fille sans expérience dans ce domaine.

Elle a passé son chemin, le plantant là tout penaud.

Dorénavant, sa plus grande joie est la lecture des courriels que Pierre lui envoie quotidiennement. Parfois, ce sont de simples « Je t'aime » ou « J'aimerais t'avoir près de moi ». Elle comprend alors qu'il est débordé de travail ou trop fatigué pour écrire. Mais, le plus souvent, il lui relate sa journée, ses joies mais aussi ses déceptions. Le partage des soucis ou des désillusions les rend plus légers et, de même, Jasmine peut ainsi prendre part aux petits bonheurs qu'il éprouve.

Tous ces mails, la jeune femme les conserve précieusement. C'est sa bouée de secours les jours où le cafard la guette et où elle se sent par trop seule.

Pendant le week-end, ils communiquent par vidéo et mesurent ainsi la chance qu'ils ont de vivre à l'ère des nouvelles technologies. Là, malgré les milliers de kilomètres qui les séparent, leurs yeux et l'intonation de leurs voix sont plus éloquents que les paroles elles-mêmes.

En outre, peu à peu, grâce à son compagnon, Jasmine découvre Madagascar, ses beautés et ses aspects négatifs. La Grande Île, comme on l'appelle aussi, c'est, pour elle, de lointaines racines. La terre des aïeux de sa mère.

Plutôt que d'être désespérés à cause de leur séparation, ils rêvent de ce que sera leur avenir lorsqu'ils seront enfin réunis. Ce qu'ils pourront entreprendre, ensemble, pour aider les gens et les animaux de ce pays.

Madagascar

Ce soir, le sommeil ne veut pas d'elle. Même Mada, qui est venu quémander quelques caresses, ne réussit pas à combler le manque dû à l'absence.

Elle allume donc son ordinateur pour relire certains courriels envoyés par son compagnon. Elle l'imagine penché sur son pc, souriant en écrivant certaines phrases, le front barré par une ride pour d'autres. Elle le voit aussi nettement que s'il était près d'elle. Elle l'entend dire les mots d'amour qu'elle lit et en vient même à sentir l'odeur de l'eau de toilette qu'il utilise. Mais elle ne peut pas poser sa main sur son épaule ou lui faire une bise dans le cou comme elle le faisait lorsqu'il travaillait le soir sur ses comptes-rendus d'activités de la journée.

Pour chasser toute mélancolie, elle se concentre sur le contenu des premiers courriels, celui qu'il lui a envoyé le soir de son arrivée au centre et ceux des jours suivants.

Jasmine, mon amour,.
Avant tout, je voudrais te dire que je t'aime, je t'aime, je t'aime. Même si tu le sais déjà. Et que tu me manques terriblement. Mais je ne voudrais pas remuer le couteau dans la plaie, alors je vais te raconter mon arrivée à Madagascar et mes premières impressions. Comme ça, c'est comme si tu étais un peu avec moi.
Le directeur du centre est venu m'accueillir à l'avion et nous avons tout de suite pris la route car voyager ici n'est pas une sinécure. Les routes n'ont de route que le nom. Il faudrait plutôt

parler de pistes. Celles qui avaient été goudronnées, il y a de cela très longtemps, n'ont conservé que des lambeaux de macadam. Le 4/4 était obligé de slalomer entre d'énormes trous et, au-dessus de certaines rivières, ce qui restait d'un pont se limitait à quelques planches disjointes. Inutile de te dire que je n'en menais pas large même si mes compagnons de voyage trouvaient cela naturel. Le plus souvent, le véhicule devait emprunter des gués et l'eau boueuse arrivait presque au niveau des portières. Sur la majorité du parcours, le conducteur suivait les ornières laissées dans la latérite au moment des fortes pluies ce qui ne favorisait pas le croisement avec d'autres véhicules, surtout les camions et les chars à bœufs des paysans.

Évidemment, malgré la fatigue du long voyage entre la France et Madagascar, je n'ai pas pu dormir.

J'en ai profité pour regarder les paysages et observer les gens.

Dans les campagnes, la pauvreté est omniprésente. La plupart des maisons, très petites, sont en torchis et recouvertes de tôles. Je comprends à présent pourquoi les cyclones font tant de victimes ici. Porte et fenêtres sont protégées par de simples rideaux. Autour, quelques poules, une ou deux chèvres et, surtout, toute une flopée de gosses.

Toutefois, ce qui choque le plus, c'est la nudité du paysage. Là où, autrefois, s'étendaient des forêts gigantesques aux essences variées, il n'y a plus que des herbes rases ou carrément de la latérite à nu.

Le directeur du centre, qui est arrivé ici il y a de nombreuses années, m'a expliqué qu'il avait assisté à la dégradation progressive de la situation et, parallèlement, à la montée de la pauvreté. Pour cuisiner et se chauffer – car les nuits sont froides pendant la saison sèche – mais aussi pour étendre leurs champs, les habitants ont commencé à déboiser.

Les cultures sur brûlis, si elles sont satisfaisantes les deux premières années, épuisent très rapidement les sols. Les fortes pluies, sans racines d'arbres pour permettre l'infiltration de l'eau dans le sol, entraînent la mince couche de terre arable ne laissant que de la latérite stérile. Les paysans n'ont d'autres recours que de déboiser un peu plus loin. La nudité des sols est la cause aussi d'un ruissellement des eaux qui provoque des inondations et le saccage des maigres récoltes de riz ou de tubercules. La majorité des rivières et fleuves, même pendant la saison sèche, ne charrient que des eaux jaunes, boueuses. Ajoute à cela que des compagnies étrangères exploitent d'une façon intensive les arbres d'essence précieuse tout en n'améliorant que très peu, voire pas du tout, la situation économique des autochtones.

Promis, chez nous, nous n'aurons pas de meubles en ébène, palissandre ou autre bois rare !

Je te laisse pour ce soir car je tombe de fatigue. Suite au prochain numéro, comme on dit.
Je t'embrasse aussi fort que je t'aime.
Pierre

Par ce mail, son compagnon ne lui fait pas seulement part de ce qu'il a vu ou entendu, il lui fait connaître le pays de certains de ses ancêtres. Que le destin est étrange ! Ce n'est pas une réserve d'Afrique du Sud, du Kenya ou du Botswana que Pierre a été invité à rejoindre ; mais Madagascar d'où sa grand-mère était partie pour une vie meilleure à Mayotte.

Jasmine pianote donc fébrilement sur son clavier pour retrouver les autres courriels qui complètent les informations reçues à l'arrivée.

Ma Jasmine chérie,

Aujourd'hui, je voudrais te décrire le centre de protection animale où je vais vivre. Et où nous vivrons tous deux quand tu pourras me rejoindre.

C'est, de par son aspect, un vrai paradis comparé aux paysages traversés lors de mon arrivée. Mais un minuscule éden de quelques milliers d'hectares seulement. C'est un havre de verdure où la forêt primitive a été sauvegardée car c'était un ancien parc colonial. Des oiseaux y chantent dans la canopée et le sous-bois grouille de vie. Le bâtiment central, qui abrite la clinique pour animaux, est ombragé par d'impressionnants flamboyants et des jacarandas majestueux. Quand viendra la saison chaude, la saison des pluies, ils se couvriront d'une parure écarlate pour les uns, bleu pervenche pour les autres. Ce sera magnifique, à ce qu'on m'a dit.

Mais, que je suis bête ! Je ne t'apprends rien à toi qui connais ces arbres.

Je continue donc... De petites maisonnettes en dur, pour le personnel et les familles, sont dispersées dans les alentours immédiats. C'est là que nous aurons notre chez nous.

Tout le monde m'a accueilli avec gentillesse. Tous, qu'ils soient soignants ou personnes attachées au bon fonctionnement du centre, se sentent comme faisant partie d'une grande famille. En fin de semaine, un petit groupe de bénévoles viendra nous rejoindre.

C'est que le centre dépend d'une ONG internationale qui a fort à faire dans le monde entier. De ce fait, le directeur doit le gérer comme une véritable entreprise et tenter de nous rendre aussi autonomes que possible. Nous ne pouvons agir que grâce aux dons de nos bienfaiteurs et aux visites des touristes de passage.

Depuis quelques années, une expérience a donc été tentée. Nous accueillons ici des personnes venues de partout qui, pendant un certain nombre de semaines, viennent nous aider bénévolement. Cependant, elles paient leur séjour comme elles le feraient dans un hôtel. Mais le centre n'a rien d'un cinq étoiles même si la participation demandée est très élevée. C'est plutôt spartiate. En réalité, ce sont les agences de voyages spécialisées qui font leur beurre sur le dos de gens qui aiment les animaux et veulent leur venir en aide. Cette main d'œuvre gratuite n'est pas négligeable et permet de faire se rencontrer des gens de tous les horizons qui, forts de cette expérience, seront mieux à même de parler de la nécessité de protéger la biodiversité et les écosystèmes naturels.

Tu dois être étonnée que je ne t'aie pas encore parlé des animaux que nous soignons ici. J'ai voulu garder le meilleur pour la fin.
Le centre a surtout pour vocation de sauver les lémuriens mais il accueille aussi d'autres animaux. C'est que l'inconscience des hommes et leur bêtise font des ravages dans toute la faune. On ne compte plus les tortues aux pattes et à la carapace brûlées par le feu lors des brûlis, d'énormes lézards complètement déshydratés, des fossas blessés et des roussettes aux ailes lacérées qui ont échappé aux braconniers.

Quant aux lémuriens, leur nombre diminue chaque jour. Certaines espèces ne comptent plus que quelques individus ou ont complètement disparu. Ceux qui arrivent au centre sont amaigris, malades ou caractériels. Les premiers n'avaient plus de possibilité de survivre dans la nature, les sources de nourriture que représentent les arbres ayant disparu. Les autres, victimes de l'attrait qu'ils exercent sur les gens et surtout les touristes, ont été braconnés, vendus à des particuliers ou des hôtels. Des photos avec des lémurs catta ou des sifakas peuvent se monnayer pour quelques ariaris. Un lémurien n'est pas un animal de compagnie comme un chien ou un chat. Il vit en clans familiaux et la solitude le rend apathique ou, au contraire, très agressif. Quand les propriétaires de ces animaux s'en rendent compte il est souvent trop tard et ils nous les amènent. Nous avons aussi beaucoup de blessés. Ces animaux ont été mordus par des chiens, renversés par des voitures ou pris dans des pièges.

Tu vois, le travail ne manque pas et nous ne serons pas trop de deux pour faire face quand tu auras ton diplôme. Nous n'aurons pas le train de vie des vétérinaires exerçant en France. Mais travailler ensemble pour le même idéal, n'est-ce pas plus gratifiant ?
De plus, comme tu l'as déjà découvert au zoo de Lyon, les animaux sont très attachants et nous rendent au centuple ce que nous leur donnons.

Comme nous serons heureux quand tu m'auras rejoint ! Je t'embrasse tendrement.

Ton Pierre

À la fin de la lecture, Jasmine se surprend à répondre : « Oh oui ! » et le chaton, qui s'était blotti sur ses genoux, ronronne en guise d'acquiescement.

La sérénité enfin !

Les minutes et même les heures défilent au bas de l'écran de son PC. Mais elle n'en a cure. Relire ces mails c'est un peu retrouver son compagnon en chair et en os.
Soudain, un courriel attire son attention.
Elle l'avait déjà parcouru. Cependant, ce soir, il prend une autre dimension à ses yeux.

Pierre y parle des Malgaches, de leurs problèmes et de la mainmise de plus en plus importante de sociétés étrangères, principalement chinoises, sur l'économie du pays. Sans retombées financières pour le petit peuple évidemment. Mais ce n'est pas cela qui a retenu son attention.

Son compagnon lui a raconté qu'une adolescente était venue chercher refuge au centre. Elle venait de découvrir que ses parents avaient décidé de lui faire épouser rapidement un homme qui aurait pu être son père. Elle venait d'avoir douze ans à peine.
Le cas de cette gamine, comme il l'avait appris à cette occasion, n'est pas unique dans le pays. Les familles trouvent dans ces mariages précoces une occasion d'avoir une bouche de moins à nourrir et espèrent que leur enfant rencontrera moins de problèmes pour survivre *vendue* à un homme d'âge mûr.
L'adolescente leur a raconté qu'elle refusait d'épouser cet homme mais qu'elle ne voulait pas non plus finir comme sa sœur célibataire. Obligée de se prostituer à l'âge de seize ans.

Pour éviter tout problème avec la justice, le directeur du centre a signé un accord avec les parents : elle serait nourrie et logée gratuitement au centre où elle pourrait apprendre le métier de soigneuse d'animaux.

Triste sort réservé aux filles dans la plupart des familles pauvres ! Pas scolarisées ou très peu – juste de quoi savoir écrire, lire et calculer un minimum – et condamnées soit au mariage précoce, soit à la prostitution pour subvenir à leurs besoins et à ceux de leur famille. Apparemment, cet état de choses ne choque personne puisqu'il est entré dans les mœurs. C'est cela ou mourir de faim.
À tous les niveaux, les autorités ferment les yeux, préoccupées elles-mêmes de profiter du régime.
Les jeunes filles sont les victimes, tout comme la flore et la faune, d'un système dans lequel l'être n'est plus rien. Seul compte l'avoir. Et si possible, immédiat.

Pourquoi, subitement, Jasmine voit-elle apparaître le visage de sa mère entre les lignes ? Son inconscient lui enverrait-il un message ?
Les propos de Pierre la ramènent à sa propre histoire, ou plutôt à celle de sa génitrice.

Et elle comprend et accepte enfin ce qu'elle a refusé pendant tant d'années.
Déjà tout enfant, elle avait senti que sa mère n'aimait pas vraiment le père de sa fille, qu'elle l'avait épousé par intérêt. De là sans doute la raison pour laquelle l'adolescente qu'elle était, puis la jeune fille qu'elle était devenue, était entrée en conflit ouvert avec elle.

La jeune femme qu'elle est à présent réalise qu'elle a toujours réagi en Occidentale. Le comportement de sa mère n'est-il pas à chercher dans ses racines malgaches ? La peur de l'avenir lui aurait fait rechercher comme compagnon un homme qui la mettrait à l'abri du besoin.

Jasmine se souvient que, lors de leur séjour à Mayotte, une tante lui avait sommairement raconté l'histoire de ses ancêtres maternels. Son grand-père était allé *chercher une épouse* à Madagascar car les femmes y étaient renommées pour leur beauté et leur soumission. Les Mahoraises, elles, avaient une réputation de maîtresses-femmes. Pour un homme, nourri par la tradition qui faisait de lui un maître et seigneur, quoi de plus tentant ?
Pendant toute sa vie, la grand-mère de Jasmine n'avait connu que de durs labeurs, la soumission à un homme et ses infidélités. Sa mère ne voulait pas de cette vie-là ! Elle avait compris que, pour avoir une vie plus aisée et aussi être considérée comme l'égale de l'homme, elle devait jeter son dévolu sur un Métropolitain. Quitte, auparavant, à accumuler les aventures afin d'en trouver un qui la prendrait en charge. C'était dans l'ordre des choses… Et nul ne pouvait lui en tenir grief. Surtout pas sa fille qu'elle avait aimée à sa façon.

À présent, sa mère est heureuse. Elle a rencontré un Malgache qui a adopté la mentalité des Occidentaux. Avec Faly, même si leur vie quotidienne n'est pas exempte de soucis matériels, elle a trouvé l'harmonie et aussi des sentiments partagés. En outre, avec lui, elle a retrouvé ses racines. Tout en vivant en France, elle est à la fois africaine et française.

Une vraie métisse en quelque sorte.

Cette pensée fait sourire Jasmine. La plus métissée des deux ce n'est donc pas elle mais sa mère.

Dans un élan instinctif qui la surprend, elle s'empare de son téléphone.

L'heure est trop tardive pour appeler. Aussi envoie-t-elle un message ainsi intitulé :

« Maman, je t'aime ! ! ! »

Jasmine pourra enfin être elle-même. Qu'elle soit métisse peu lui importe. Elle est devenue une femme, heureuse d'être ce qu'elle est, qui aime et est aimée et qui croit en l'avenir.

Et, là-haut, quelque part dans les étoiles, son père doit sourire en voyant sa petite métisse. Elle n'a plus besoin de lui maintenant. Il peut se reposer en paix.

Fin

Remerciements

À mes amis Atramentiens qui m'ont encouragée à écrire ce roman

et à Phil W., Claudine L., Antka P. et Irsi H. pour leurs judicieux conseils.

Table des matières